第1章　宣告

第2章　追憶

第3章　託す

第1章　宣告

二十九年目の宣告

二〇〇九年七月。

今日こそはクリニックに行かなければと思いながらも、時計の針を確かめるばかりでなかなか腰が上がらない。九分九厘「癌」を宣告される——。覚悟はしているものの、やはり気が重かった。

十一時を回る頃になって、私はようやく椅子から立ち上がった。

二カ月前の検査結果では、GOTとGPTの数値が三桁から二桁に下がっていたのでほっとしたら、一週間ほど前に行った検査ではまた三桁に戻り、さらに腫瘍マーカーは一五・五と、今までのうちでいちばん高い値を示した。医師は「癌」を疑い、私は医師の指定する病院でCT検査を受けた。

今さら時間を稼いだところでなんになるかと思いつつも、今日はいつもとちがって、診察の順番が早く回ってこないことを願った。だが皮肉なことに、待合室はいつになく空いていた。

――悪性の疑いが濃い。

病院から届いた報告書に記されたCT検査の結果は、「やはり」であった。

「癌、ですか」

「そうですね。治療が必要です。病院はどこにしますか」

「日赤に行きます」

「わかりました。紹介状を書きますので、CTの写真をもって受診してください」

医師との応答に三分とはかからなかった。

私が医師から、C型肝炎に感染していたことを告げられたのは、十年ほど前のことであった。感染源は、おそらく大量に輸血をした非加熱血液製剤――と。

一九八〇年、私は東京で起きた新宿西口バス放火事件に遭遇し、ガソリンによる炎で全身八〇パーセントの熱傷を負い、救命は不可能と判断されながらも、十回に近い手術を受けていくなかで奇跡的に蘇生した。手術の際には当然のことながら相当の量の輸血をした。

当時はC型肝炎ウイルスが発見される以前で、多くの病院で救命救急を目的として止血剤に非加熱血液製剤が使用されていた。一九六六年から二十年間にこの血液製剤を使用された患者は、推定四十万人にのぼり、そのなかから多くの肝炎感染者が確認されて加熱製剤へと切り替えられたが、一九八八年頃まで臨床現場では非加熱製剤が使用され、感染が続いていたという。

肝癌の原因の約八〇パーセントは、C型肝炎ウイルスによるものであるといわれている。C型肝炎は慢性化しても軽い肝炎のまま経過するケースもあるが、そのうちの約七割は徐々に病気が進行し、治療しなければ十年～三十年でその三、四割が肝硬変に、さらに肝癌に移行するとのことだ。

私は生命の危険を脱した頃、肝炎を発症。当時、GOTとGPTの数値が確か、一気に一〇〇〇を越えた。肝炎は治らないまま約一年の入院生活を経て退院。感染したことは知らされないまま治療らしい治療を受けずに慢性化していったが、これといった自覚症状もなく過ぎてきた。

C型肝炎に感染していたことを知ったとき、この病気が肝硬変から肝臓癌に移行して死に至ることを、そしていつか自分自身もその経過を辿るであろうことを私は理解した。

医師はインターフェロンによるC型肝炎の治療を強く勧めた。だが私には長い入院に要する時間と高額の医療費を生み出す余裕はなかったし、苦しいインターフェロン治療が必ずしも完治を保証するものではないことも知っていた。それならともかくはと、強力ミノファーゲンの静脈注射を週三回程度受けるだけの治療となった。

その後、住まいの移転などで中断したが、現在のクリニックに通院して注射を再開し、三年ほどになる。その間もずっと、ＧＯＴとＧＰＴの数値は常に一〇〇台から二〇〇台の間をいったりきたりし続けていたが、超音波検査ではいつも異常は認められず、やはりこれといった自覚症状もなかった。

クリニックに受診して三日後、十一時までという初診受付の時刻ぎりぎりに、名古屋第二赤十字病院に着いた。

消化器内科の診察の順番を待つこと二時間半。ライトボックスいっぱいに、ＣＴ検査のフィルムが映し出された。

「腫瘍は、どれですか?」

「これです」

若い医師は、棒の先で示した。

肝臓のほぼ中央の深部に、息を潜めたような不気味な一センチ大のモノが一個。

「癌」は確定された。

「これまでのいきさつと、私の希望をお伝えして、いいですか?」

「どうぞ」

医師はライトボックスのフィルムを見たまま、私の話を黙って聞いていた。
一、二分で一九八〇年からのことを概略話し、私は自分の希望を伝えた。苦痛を伴う検査は受けない、抗がん剤投与をはじめ、苦痛を伴う治療も受けない、と。
「で、あと何日、生きられますか?」

「余命は、今の段階では、何日というのではなく、おそらく年単位のことでしょう。肝臓の形からして、肝硬変にはまだ至ってはいないと思います。癌の治療方法としては一般的に三つあります。一つは手術して癌細胞を摘出する方法。もう一つは針を刺して癌細胞を焼ききる方法。あと一つはカテーテルを入れて癌細胞そのものに直接に抗癌剤を投与する。この抗癌剤投与は全身に入れるのではないので、苦痛といっても、食欲がなくなったり発熱したりするといった程度の症状で済みます。でも、いずれにしても、C型というのは、肝臓そのものが癌の温床になってしまうので、取っても取っても次々と癌細胞ができてきます。取ったら治るというものではありません。

……そうですか……。ではまずは、三カ月ごとに血液検査と超音波、CTの検査で様子を見ていき、癌細胞が大きくなってきたり増えてきたりしたら、あらためてどうするかを考えましょう」

病院を出ると、真夏の午後の光のなかを呆然と、私は迎える人のない家に帰っていった。

新宿西口バス放火事件

一九八〇年八月十九日、事件は起きた。

十九日夜、東京都新宿区の国鉄新宿駅西口のバスターミナルで発車待ちをしていた京王帝都バスに、中年の男が火のついた新聞紙とガソリン様の液体の入ったバケツを続けざまに投げ込んだため車内は一瞬のうちに猛火に包まれ、約三十人の乗客のうち最後部にいた父子を含む三人が焼死。乗客ら二十人が重軽傷を負った。四人が重体。放火を目撃した通行人が現場から立ち去ろうとしていたこの男を取り押さえ、かけつけた警察官に引き渡した。警察ではこの男を放火殺人の現行犯で逮捕。新宿署に連行して身元の確認や犯行の動機を追及している。現場の西口広場は超高層ビルの立ち並ぶ日本最大のターミナルで、勤め帰りのサラリーマンなど多数の人の目前で突然の惨事が発生した。

（昭和五十五年八月二十日　朝日新聞朝刊）

第１章　宣告

夜の九時を少し回っていた。

私は幡ケ谷《はたがや》のひとり暮らしのマンションに帰っていくために、いつものバス停にやってきた。

停車中の中野車庫行きのバスは、すでに降りてくる乗客はいないのになぜか、降車口ドアは中央口も後部口も開いたままだった。私はなんとなく不気味なものを感じて、乗ろうか乗るまいか一瞬ためらったが、発車時刻が迫っている。バスは空いていた。私は開いたままの降車口ドアのすぐ脇のベンチシートに腰かけると、ドアを背にして横座りになり、冷夏の風を受けてバスの発車を待っていた。疲れていた。

私は三十六歳だった。恋をしていた。恋人は十六歳年長で妻があった。恋人の名は荘六といった。

荘六には多額の借金があった。

荘六は都内でスタッフ数人をかかえて編集プロダクションを経営していたが、零細企業のプロダクションの現実はきびしかった。注文を受けた数社の仕事は、締め切りが常に重なっていた。人との折衝は夜遅くまで続き、デスクワークは毎日のように徹夜の仕事となった。月末になればスタッフたちへの支払いがある。だが、オイルショックにより、発注先から一方的に契約金が減額された。足元の支払いの不足を知人からの借金でともかく間に合わせたものの、約束通りに返済ができず、友情にひびが入っていく。高利の借金で手当てすればすぐに高額の返済が始まる。焦る。一気に取り戻そうとして、事態をいっそう困難にさせていった。

荘六はその実情を私に話し、「僕から離れなさい。僕の借金のことで、あなたまで苦しい思いをすることはない」と、言った。

翌日から、私も金策に走る毎日となった。自分自身の仕事を増やして収入を上げ、知人にも頼った。荘六は夜も机に突っ伏してわずかな睡眠をとるだけの徹夜仕事を続けたが、二人の収入を合わせても返済額には追いつかず、返済のためにあらたな借金を作り、その額はふくれあがっていく一方だった。

解決の道がわからなかった。

この夜、お金を借りた知人に約束通りに返済し、食事をともにして別れてきたところだった。知人は言った。「助けてあげるのもいいが、自分でできる範囲に止めておきなさいよ。無理してはいけない」と。荘六への援助はとうに私の能力の限界を越えていた。だが、私にはほかに方法がない。明日も、今日と同じ日がまちがいなく来るのだ。

と、私の足元でシューッと、まるで線香花火が燃えるような音がした。振り返ったとき、小さな炎が私の踵《かかと》から脚へと伝っていた。熱いという感覚がわからなかった。炎は一気にバスの天井を突いて噴き上がった。私は一瞬、逃げ惑った。「終われる」と、思った。炎のなかに飛び込めば、なにもかもが終わる――と。向かい側のベンチシートの男性が車内から飛び出していった。私は炎の熱さに我に返った。無我夢中でバスの外へ逃げた。炎は両脚から両腕、背中を焼いていく。背中の炎が消せない。誰か消して！

見知らぬ女性が私の背中を叩いて炎を消し、病院へとタクシーに乗せた。小田急ハルクを過ぎたとき、振り返った私の視界に、炎に包まれて燃え上がるバスの黒い輪郭が歪んで見えた。

看護師に命じられるまま、水を張った浴槽で、私はナイロンストッキングを焼けた皮膚もろともに剝がした。浴槽内は一瞬の間に「血の海」となった。ストレッチャーに乗せられ、私は気を失った。

全身熱傷。

生命は絶望。

翌朝、ベッドはまるで水をかけたように濡れていた。脱水症状が始まっていた。

「二、三日が峠だな」

「さあ、そこまでもどうかな」

意識を失った私の耳に、二人の医師の言葉が響くように聞こえた。

八月末、家族の判断で千葉の葛南《かつなん》病院に転院した。

意識の混濁が続いた。治療は文字通り、地獄だった。植皮のための手術が繰り返された。汚れた肉を削り、自分の無傷の皮膚を剝がして、その皮膚をそこにメッシュ状に植える。その上からスポンジ様のもので固定し、その四辺を肉に縫いつける。ICUから病室に戻って間もなくすれば、縫った糸の穴から膿《うみ》が湧いてくる。意識が辛うじて戻った頃には、また次の手術が行われる。

その年の冬には全身の傷が塞がり、包帯が外された。私は鏡の前に立った。体には、赤黒い蛇のようなケロイドが貼りついていた。その痛みは途切れることがなかった。

面会謝絶が解かれて間もなく、病院前の喫茶店で荘六に会った。

「逃げようとしなかったから」

開口いちばん、それが荘六に伝えた私の言葉だった。

「すまん……」

荘六は涙で肩を震わせた。

自分の生命に希望はなかった。万が一生きたとしても、誰かの荷物になって生きていかなければならない。死ぬまで病院にいようと思った。そうすれば誰にも迷惑をかけずに済む。これで、未練もなく荘六と別れていくことができると思った。「さようなら」を伝えることも思い浮かばなかった。

だが私の生命は、医師の予測に反して奇跡的に死線を脱していった。

翌一九八一年、春が近づいてきた頃、医師が「退院」の言葉を口にするようになった。だが「退院」といっても完治しての退院ではなく、「よくなる」あてもなく、病室を病院から家に移すに過ぎない「仮退院」である。母は顔を赤らめて困惑し、「退院」を喜ぶ者は、誰もいなかった。私は外出の許可をもらって死ぬことばかりを考えた。

ケロイドで引き攣《つ》った両腕、両脚。背中。屈伸も自由にはできない。両脚のふくらはぎが深く焼けているので爪先立ちしかできず、その恰好は、肢体の不自由が丸見えだった。

沈丁花《じんちょうげ》の香りに春が来たことを知った。あたたかくなっていく空気。青い青い空。雲。飛行機雲。見上げれば降り注ぐ陽光から、まるで木琴の音が聞こえてくるようだった。いそいそと行き交う人々の息遣い。渋滞する車。高架線を走るブルーの電車。なつかしい街の匂い。爪先立ちが人目につかないように、痛さを堪《こら》えて目いっぱい踵を下ろして、どこまでも歩いた。屈伸の不自由な脚で、駅の階段も昇り降りしてみた。手すりにつかまって、こわさをこらえて、私を振り返る人の目から逃げるようにして。コーヒーショップに入って、コーヒーとトーストを注文した。カップもトーストも、手の甲が引き攣っているのでうまく摑《つか》めない。失敗しないように失敗しないように、汗がびっしょりだ。でもそんなこと、お店の誰も気づかなかった。できた！　できた！　人と同じことが、私にも、できた‼　文房具店で原稿用紙を買った。うれしくて胸がどきどきした。ペンをしっかりと握ることができない。毎日、毎日、練習した。そして文字を書き出した。うれしい！　息が苦しいくらいにうれしい。

毎日のように回診が済むのを心待ちにして、私は病院の外へ出て行った。外出は図らずも身体機能に「リハビリ」の役割を果たし、不自由ながらも振り返る人の目が少なくなっていった。そのことが自信となっていき、死ぬことが目的であった外出は、再び生きていくための準備となっていた。

いつも二人で

荘六の妻が胃癌で他界した。「悪かった」という思いが頭のなかを通り過ぎていった。

七月三十一日、退院した。

十月、荘六と結婚した。

結婚生活は、料理、洗濯、掃除にいたる生活のすべてに荘六の庇護を必要とした。私は寝たり起きたりの毎日で、机に向かう時間も少しでも長ければすぐに発熱し、寝ても覚めても全身の痛みが途切れるときがない。毎晩、炎の夢にうなされる。

「代わってやれないんだものなあ」と呟いた荘六の寂しそうな声が、せめてもの慰めになった。

十二月。荘六は多額の負債を抱えて事業の継続の可能性を断たれ、生きることに絶望した。

「もう、やめようか」という荘六に、私は何も訊かずに頷《うなず》いた。

荘六とひとつ屋根の下での暮らしはうれしかった。だが自分のいのちが信じられない。瞼《まぶた》を閉じれば炎が追いかけてくる。じっとしていれば体の全部が炎の一瞬に引き戻される。そしてそのたびに、「逃げなかったから」という、この世でいちばん好きな人を串刺しにするような「あの言葉」が、私の体の隅のひっそりとした場所からそっと聞こえてくる。そして私はひそかに荘六の本心を疑っていた。結婚？　それは「責任」をとったのですか——と。その二つの声に出せない言葉が私を荘六から引き離してしまう。私が死ねば、その言葉も死んでくれるのだ。東尋坊《とうじんぼう》へと、それは二人で向かった自殺行であったが、私には、荘六とはじめてひとつになれるような「喜び」に近い思いもあった。

だが知人たちの力を借りて、再び「生」に向かって二人で歩き直し、自己破産という困難な事後処理からも解放され、周囲の人々の尽力によって、荘六はもう一度数人のスタッフを抱えて編集プロダクションを再開していった。仕事は次から次へと発注先から追われるほどで、自己破産から三年後には、想像できなかったほどにまで波に乗った荘六の元気さは、まぶしいほどであった。

一方、私は年月が経過していくにつれて、身体は「病人」の身から日常の生活ができるまでに少しずつ回復していったものの、心は身体の回復に追いついていくことができなかった。人といても街のにぎわいの中に身を置いていても、人々の姿も街の風景もあの日の噴き上がった炎の記憶に隔てられ、私には幻のようにしか感じられない。夢の中で、あの夜と同じオレンジ色の炎が、いつまで経っても私を追いかけてくる。

そして熱傷の傷跡の醜さに、私はいつまでもこだわった。そのことが哀しく歯がゆく恥ずかしく悔しかった。

「もう、いい加減、卒業してもいいだろう」

ある日返ってきた、荘六の、ものともしない言葉に肩透かしを食らい、私はバランスを失った。

もう、いい加減、卒業してもいいだろう……。

それは、焼けた皮膚が人目につくことをびくびくと気にしている私に、そんなもの払いのけてしまえと言ってくれた、力強いエールだったのだろう。だがそのエールが私には、荘六からも見放されたような、残酷な言葉に響いた。

一九八一年七月三十一日に退院して以後、私は「事件の被害者」としてメディアから取材に追いまわされた。特に、翌年に事件との遭遇を書いた私の手記、『生きてみたい、もう一度』が刊行されると、連日の取材攻勢に疲労困憊《こんぱい》するほどとなった。私の名前の前には常に「被害者」がつき、そのことに押しつぶされそうな窮屈さを強く感じた。なかには自分自身の問題として真剣に話しこんでいく記者もいたが、型通りの取材や無理解な取材、とんちんかんな取材も少なくなかった。彼らの多くは「被害者」にマイクを束にして突きつけ、「予定稿」に従って必要な要素を切り取り、その仕事が完了すれば、後を振り返らずに次の事件を追いかけていった。みんな忙しい、お前一人の痛みに付き合っている暇はない、自分の傷は自分で治せと、私は自分に言い聞かせたが、「被害者」として打ち捨てられたような寂しさを拭うことができなかった。

取材後には、街のどこを歩いていても、「例のあの人」と指を指され、服から出ているケロイドの痕を繁々《しげしげ》と見つめられた。そのほとんどは年配の女性たちであった。荘六が私に「エール」を投げたのは、そんなさなかだった。

私は、「あなたにも責任があったのだ」と、その言葉が自分の口から飛び出していかないように喉元にしっかりと押し込め、いくじのない自分自身への怒りの矛先を荘六に向け、それは嵐になって繰り返されていった。嵐のきっかけは、日常の暮らしのどこにも転がっていた。荘六がテーブルにライターを乱暴に放ったりすると、爆発すると思ってしまう。荘六がうっかり焦がしてしまったトーストを捨てたりすると、トーストがやけどをしている自分に重なってしまう。そんなこわさやみじめさが、嵐になった。

荘六は、ライターやトーストぐらいのことで激しく詰《なじ》る私の底にあるものを、知っていたのだろう。怒りをもって返してくることもせず、「僕が悪いんだ」と、涙を溢れさせ、私にされるがままにじっと耐えていた。そして私の嵐が過ぎるのを待って、また仕事に戻っていった。

仕事は手の空く暇もなく、荘六は仕事をこなすに足る編集スタッフの確保と、事務と経理をまかせられる人材確保を急いだがやはり間に合わず、結局はまたしても自分一人でなんでもかんでも抱えてしまうという同じ事態を招き、体を酷使する状況から脱していくことはできなかった。

一九八五年。荘六は六十歳を目前にして、ある日「突然」、まるで「別人」のように変貌した。何を訊いても「覚えてない」「わからない」「知らない」。仕事の進行状況も、人と約束した内容も日時も、返却するべき写真や原稿などがどこにいってしまったかも、入金のことも支払いのことも返済のことも、なにもかも、「わからない」「覚えていない」「知らない」と。仕事で関わっていた人たちは当然のことながら烈火のごとく怒り、「彼は変わった」と憤慨してあきれ果てて、みんな去っていった。仕事は失敗し、生活は破綻し、借金だけがふくれあがっていった。

一九八六年。神奈川県平塚市の海辺に住まいを移してみた。平塚は私が子どものときに九年間を過ごした地で、私にはどこかふるさとに近い気持ちがあった。その海辺で、疲れがとれたら、荘六は案外にけろっと回復してしまうのではないかと、私は藁《わら》にも縋《すが》る思いだった。

都会で暮らしてきた私たちには、海辺での暮らしがもの珍しく、その新鮮さが荘六を回復させたかに思えたが、それも日常的となっていけば、不可解な言動も、「わからない」「覚えていない」も好転することなく、再び躁と鬱を短い周期で繰り返すようになった。私は「痴ほう症」を疑ったが、医師の診断は「神経症」とか「躁病」で、精神科に受診しても重大な病気は認められず、気休め程度に安定剤と眠剤が処方されただけだった。

荘六の情緒不安定は激しくなる一方だった。それはなにものかに翻弄されているようで、荘六は自分自身の不可解な言動に「わけがわからない」と頭を抱えた。その状態に、私は時には悲しみ時には憤《いきどお》り、ぶつかり合って疲れ果て、「別れ話」になると、二人して声を上げて泣いた。

そんな日々が繰り返される八方塞がりの中で、私たちはかすがいを求めるようにして、わが家にやってきた体長三〇センチほどの「モク」という名の仔犬に夢中になった。

無心になついてくれたモクの存在は、万策尽きた私たちの冷え冷えとした暮らしを一変させ、仕事も友人のすべても失った荘六の凍りついた寂しさを解かし、やわらかな自信も落ち着きも記憶力も回復していったかに見えた。

だが、安堵したその足元に、また、不可解な言動が舞い戻ってくる。私が気づいたときにはまた、多額の返済に追い立てられるという結果が繰り返されていた。

その、同じ繰り返しに、私は再び炎の一瞬に引き戻された。借金の返済に追われていた日々、その果てに噴き上がった炎の前で逃げる足を止めてしまった、「あの日」に。

「あなたは何もわかっていない！」

と、私は荘六の首に両手をかけた。荘六は私にされるがままに泣きじゃくる。私はその手を荘六の首から胸へ、そしてシャツを左右に引き裂いた。モクが怯えて玄関へ逃げ出した。私は我に返った。私は自分自身ですべてを選択し、その報いを受けたに過ぎなかった。その報いから逃れることはできないのだ。荒れ狂う自身の嵐に何の意味があったろう。

それでも十年あまりもの年月が経過していき、モクの「老い」と荘六の「老い」が始まっていけば、そのことへの寂しさが私の怒りを鎮《しず》め、嵐は小さくなって、いつか止んでいた。

二〇〇二年、春。モクは冷たい風の吹く夕刻、私の腕の中で十四年のいのちを終えた。

モクを喪《うしな》った寂しさが背を押したのだろう。荘六は心棒が折れたかのようにがたんと衰え、私は介護を要する時がすぐそこに来ていることを予感した。進行は早かった。幻覚症状が始まり、認知不全が進み、二〇〇七年には「レビー小体型《しょうたいがた》認知症」と「心不全」が診断された。

レビー小体型認知症とは、脳の中にレビー小体と呼ばれるたんぱく質の塊が蓄積されて神経細胞を壊し、認知不全になるという。アルツハイマー型と脳血管型に次いで多い認知症であるといわれている。原因はわからないが、趣味をもたず、仕事一筋できた男性に多いという。後頭葉の血流が悪く、生々しい幻視がはじまるのが特徴だ。歩行が困難になり、レム睡眠行動異常を引き起こし、周囲が振り回されるケースが多いという。

荘六も間もなく、暴言と暴力が激しさを増していった。

「受け止めてあげてください」

誰もがそう言った。理由などない、と。泣いている赤ん坊を叱りつけてもはじまらない。泣き止むまで待つしかない、と。

だが私は内心、「なぜ」と問い続けた。荘六はそもそもなぜ、「認知症」になってしまったのか。

「おまえは出て行け!」

「おまえは死ね!」

私に叩きつける罵倒《ばとう》。私に向かってくる拳。繰り返されるその激しい言動に、私は怯《おび》え、荘六をいたわる気持ちは吹き飛び、介護している自分自身の本心がわからなくなる。そして、私に向ける、荘六の憎しみに満ちた言動の原因をひそかに探っていけば、また「あの日」にたどり着いてしまう。荘六にとって私の姿は、一九八〇年のあの夏の夜の炎の意味のすべてを映し出す幻影に見えてしまうのではなかろうか、と。

私は荘六をデイサービスに送りだしてひとりになれば、深閑とした部屋の中で、声にできない言葉で荘六に語りかけていた。


あなたの「認知症」は、「あの日」の記憶から逃げ出していった、あなたの最後の逃げ場所ではなかったか。もう一度二人で、「あの日」のすべてのことに向き合い、「あの日」の炎の一瞬から今日までの年月のすべての事実を、言い訳することなく語り合い、二人で招いてきたその苦しみを、いっしょに受け止めよう。そうすれば、あなたも私も、「あの日」のことを記憶の底に沈め、解放されるだろう。そうして、二人で、あたたかな時間を取り戻すのだ。

私たちは結婚して「事件後」を歩き出していくとき、胸に閉じ込めてきたものをすべて晒《さら》し、正直に語り合うことをするべきだったのだ。そうすることによって、二人の絆が木《こ》っ端微塵《ぱみじん》に壊れ、そこで終わってしまったとしても、自ら抱えてしまった、その重い「障害物」を、私たちはそうやって自分たちの力で取り除くしかなかったのだ。そうすれば、「あの日」は過去のことになって、二人の今日までの年月は、もっとちがうものになっていたのではなかったか。

まだ、間に合う、

過ぎ去ってしまった年月をやり直すことはできないが、「あの日」からの道程を二人で静かに思い起こすことができれば、残されたわずかないのちへの惜別の思いが、お互いにお互いをいたわる最期にしてくれるかもしれない。そこへあなたと二人で、たどり着きたい。

周囲の人たちは、荘六を施設に預けたほうがいいと助言したが、荘六を手元から放してしまえば、私は彼と一つの場所へたどり着くことは、永遠にできなくなるような気がする。いっしょにいれば、いつかたどり着くことができると、思った。

だが二〇〇八年に入って間もなく、荘六は自ら急ぐようにしてベッド上での全介護状態となっていった。語り合う時間はもう、なかった。私はなにも言わず、荘六に伝えたかった自分の言葉をひと文字ひと文字消して、荘六のすべてを無条件で受け止めていくことしかできなかった。ベッド上での全介護をヘルパーや看護師から学び、それを一人でできるようになったとき、その労働のたいへんさは、たいへんであればあるほど、二人で確かな一つの場所にいるような安らぎを実感できた。そのことが、愛する人への感謝の思いにつながった。

二〇〇八年十二月十七日、午後七時五十五分。荘六は危篤の床で私を探して宙に掌《てのひら》を這わせ、その掌を捕まえた私の掌を力いっぱいに握り、それを「さようなら」の言葉に替えて、八十年の人生に終止符を打った。

荘六と生きた事件後の二十八年は、病気と借金の返済に追われることの繰り返しであったが、その半分をミックス犬のモクと暮らしたぬくもりが、どんな困窮状態をもあたためてくれた。私には荘六がいる、モクがいる。それを「誇り」にして生きてくることができた。そのすべての時間が、ただ、なつかしかった。

余命と向きあう

C型肝炎がいつか肝硬変から肝癌に進行して死に至る、というそのことを知っても私は驚きはしなかった。

助かったといっても、全身の八〇パーセントがIII度にまで焼けた体が、ただで済むはずがないと思ってきた。血まみれの自分の体からは、膿の臭いがわいていた。痛み止めに幾度か麻薬も使用された。全身の焼けた肌は醜く変わった。深く焼けた皮膚は脂腺も汗腺も破壊されているから、冬になれば十分な油分を補わなければひび割れを起こし、夏にはその部分からわずかな汗もでない。また、植皮を施した皮膚は、健康な皮膚とはちがって伸び縮みがスムーズにはいかない。まるでゴムが貼りついているような感じで、常に引き攣《つ》れた不快感を拭えなかった。その不快感は年月の経過とともにわずかながらも緩和していき、また私もそのことに慣れていったが、焼けた皮膚も内臓に及ぼした結果も、回復することはないのだ。

ただで済むはずがない——。

肝臓だけではない。体のどこからいつどんな事態が起きてくるかわからない。悪寒《おかん》、発熱、どこかのわずかな痛み、めまい、便秘、食欲不振、体重の減少。そんな誰にも起きるような日常的な些細な異変にも、「ついに来たか」と、私は覚悟した。健康な人々に並んで生活し、仕事をするようになっても、常に自分の背中に「死」が貼りついているような感覚。自分が生きているということの不思議さ。

料理の火を使っていれば手元から火が噴き出すような気がする。外出すれば二度と家に戻ることはできない気がする。夫の荘六を見送れば、これが見納めになるかもしれないと、あきらめている。電車やバスに乗っていれば、今にも炎に包まれそうな予感がする。車体がカーブでわずかでも傾けば、横転すると確信してしまう。車で橋を渡っていれば、渡りきらないうちに橋は崩れてしまうと覚悟している。

何事も起きない平穏無事が信じられない。「あした」がいつものようにやってくれば、そんなはずはないと疑っている。今にも、一瞬の間に爆発する。阿鼻叫喚《あびきようかん》が聞こえる。そうなること、現実とはそういうものだと、どこかであきらめてきた。

だがそんな恐怖にも、事件の炎の一瞬の記憶を十年経っても二十年経っても払拭《ふつしよく》できないことにも、打ちひしがれることはなかった。いや、正確にいえば、「今さらびくびくしたところで始まらない」からだった。

時間を過去へと戻すことはできない。私は今日から明日へ生きていくことしかできないのだ。事が起きる可能性の大小の違いがあるだけで、誰にも明日のことは予測ができない。「死」のその時まで、生きてみよう。そう思ってきただけだった。

納得しながら、それなのに、何を考える気力もなくなってしまった。テレビもつけず、本を開こうともせず、ひとりの深閑とした部屋で、ただぼんやりしているだけで、何も考えていない。十五分ほどで自分だけのための食事を作り、ショーチューに氷を入れて、眠気に誘われてベッドに入る。だが深い眠りに入っていくこともできず、夜中の二時か三時にはベッドを出て、ぼんやりとパソコンに向かってひとりごとを書いている。

荘六が逝って「ひとり」という暮らしがうすら寒く、この先ずっとこうして生きていくことに自信が持てなかった。気がつくと、ぼんやりと密かに「死」を待っている。が、その反面で、自分の未来の独居老人の世界に興味も感じた。まあ、自然にまかせて、時の流れに沿って生きていくような気もした。そこにドカンと、「お前に次に準備されたものはこれだ」と、楔《くさび》を打ち込まれたのだ。「癌宣告」はやはり堪《こた》えた。だが「やっぱりそうだったか」と、覚悟もし、生きたいという欲求が回復しないのだから、それでいいとも思う。かと思えば、癌を抱えたまま、白髪の老婆になっても意気軒昂に生きている自分の姿を想像している。

だが今度こそ、「死ぬ」順番が回ってきたのだと思う。怖くはなかった。私がいちばん心配していたことは、要介護5で寝たきりとなった荘六を残して先立つことであったが、私の体は持ちこたえ、荘六を送り出すことができた。間に合ったのだ。もう、私が死んでも困る人はいない。その安堵感のほうが大きかった。間もなく死ぬのだと思えば、荘六と無我夢中で生きたことも、モクを切ないまでに慈《いっく》しんだことも、そっとさざ波を立てる淡い追憶に過ぎず、「生」に執着する理由がなくなっていくことに、さびしさも打ち寄せてはこない。

それなのに、気が急《せ》く。

その時はその時だと思いつつも、早くしないと間に合わないと、なににつけても「余命」に急き立てられる。

むなしい。

覚悟はできているつもりなのに、どっちを向いても行き止まりのような、一歩足を踏み出せばごつんと「死」にぶつかってしまう。

気が引ける。

クリニックに行って、いつもの強力ミノファーゲンを注射する――なんて、なんだかもう意味のないことをするようで、患者の対応に追われる人たちに気が引ける。だが、日赤の報告をするためもあって、クリニックに受診したのは、日赤から帰った翌々日のことであった。

苦痛を伴う検査も治療も受けないことにしたことを伝え、あとせいぜい二年生きられたらいいと言った。

「そのくらいは、大丈夫でしょう」

医師は太鼓判を押すようにして答えた。

疑う。

もう引き返すことはできないのだから、人は「気休め」を言うしかない。二年も……？　まさか。「二年も無理」と、医師はそう言うわけにはいかなかっただけだろう。

このクリニックに荘六ともどもお世話になりだしてそろそろ六年。医師をはじめ、スタッフ全員の誠実さとやさしさを信頼し、別のクリニックに変えようと思ったことがない。荘六が車椅子での移動となってから、クリニックまでの往復のアップダウンの道はきびしかったし、さらにその後はタクシーで往復せざるを得なくなったが、医師に会えばそれだけで機嫌のよくなる荘六だったので、通院の労力もお金も厭《いと》う気持ちにはなれなかった。医師は、荘六に生命の限界がきているというきびしい現実も、私にはきちんと伝えてくれた。その医師を疑ったことはなかった。

だが、その信頼は崩れた。医師に対して、クリニックのスタッフ全員に対して、私は「疑う」ようになった。彼らの、いつもと変わらない笑顔を、「お大事に」というひとことを、私の腕に注射をする看護師の指先を、私は疑ってしまう。すぐそこに「死」が待っている患者に、いつもと同じに振る舞うしかないだけだ、と。彼らの笑顔も「お大事に」も「注射」も、ほんとうは、無駄——なはず。

「注射、もう、意味ないでしょ」

「そんなこと、ないわよ。進行を、ねえ、少しでも、遅らせること、できるんじゃないの……」

困ったような、しどろもどろの看護師の声。

満席の患者たちの間を縫って、「お大事に」の声を背に、心の襞《ひだ》を折りたたむようにしてクリニックを出た。

また、気が急《せ》く。落ち着かない。気を紛らわせるものを探した。

そうだと、私は恰好の用事を見つけて名古屋駅前のビックカメラに向かった。やっぱり携帯できる小型のパソコンを購入しようと思った。

私が現在使用しているノートパソコンは二〇〇二年七月に購入したものだ。二〇〇九年の七月現在でまる七年になる。そろそろ寿命が近づいているし、携帯には重すぎ、バッテリーも使えないし、自宅の固定電話につながなければインターネットも使えない。病院に入ったときでも、どこでも自由に原稿を書き、メールの送受信ができるようにしておきたい。死んでしまうから、死んでしまう前に、新しいパソコンに早く習熟しておかなければならない。

電車に乗った。パソコンを買いに行く。少なからず、わくわくする。久しぶりに、珈琲ショップに入って——。珈琲ショップもこれが、最後かな。来年の今頃、どこで何をしているだろう。病院？　もう、いない？

都会の喧騒の中に降り立った。

新幹線の改札口から人々がどっと溢れ出てくる。大きな旅行かばんをごろごろと引きずって発車時刻の表示を見上げて、いそいそと改札口を入っていく。待ち合わせにわくわくしている。車中のお弁当をあれこれと、楽しそうに迷っている。早くも夏物バーゲンの山に人が集まる。素通りする私の耳に届く興奮したような声。「今年はさあ、間に合うんだけど、来年用にさあ、買っとこうかな」。「ご進物に最適」と、洋菓子屋さんに人が列を作る。みんなあしたのために準備している。二十六年後の皆既日《かいきにっ》蝕《しょく》を待っている。ずっと先の未来を楽しみにしている。不安が覗くことはあっても、今は、笑える。子どもたちが走る。彼らを待ち受けている、巨きな未来。たとえ挫けることはあっても、楽しいこと、しあわせなこと、夢がいっぱい。

私は一桁の年齢のときから、生きていくことにひそかな苦しみを抱いていた。ひとつには「蒲柳《ほりゅう》の質《しつ》」といわれるような、弱い体であったからか、体の具合がいつも爽快というわけにはいかなかった。原因がわからない頭痛や発熱、衰弱するほどの下痢をひんぱんに起こし、友だちと遊んでいてもすぐに疲れ、真夏のプール遊びも三十分もしないうちに寒さで震え上がった。そんなふうに、何かにつけて友だちに体力が追いついていかれないので、学校でなんとか元気溌剌を演じて帰ってくれば、友だちが遊びに来ても、居留守をつかってひとりでいることを好んだ。そんな私に父は「いくじなし」「弱虫」と、顎をしゃくった。

その父のことが、私はこの世でいちばん嫌いだった。会社が休みの日は父の姿から逃げ回り、家の中に自分の居場所がなかった。母は私にそっと、「そんなに嫌ってはだめよ。お父さんがいるからこうしてみんなで暮らして、学校にも行かれるんだから」と、おかしそうに笑った。

だが、学校帰りの道でランドセルに頭を乗せて空を仰ぎ、生きていくためには嫌いな父のいる家に帰っていかなければならないことに、大粒の涙があふれたことが、今でも記憶の隅に残っている。お正月がやってくれば真新しいカレンダーを見上げ、そういう毎日を三六五日も生きていくことに自信がなかった。

母はしょんぼりする私を、父から庇《かば》うようにして特別に愛情を注いでくれた。母のその愛情が私の劣等意識を慰め、私は人をうらやむという感情を持たずに生きてくることができたのだ。

だが「癌」を抱えた今、人々の美しい装いからも楽しく笑う声からも取り残されたように、さびしい。

私は自分を励ました。

朽ちる時が来るまで、人はしあわせでなくてはいけない。朽ちる時が来てもなお、人はしあわせでなくてはいけない。しあわせとは、やさしい気持ちになれることだ。どんなに過酷な状況に置かれても、最期までやさしい人間でありたい。人々が生き生きしているほうがいい、人々がびくびくすることなく思う存分に可能性を求めていくほうがいい。私に断たれたその分を、貪欲に摑み取ってほしい。最期まで精一杯に美しく、精一杯に楽しく、できなくなるときが来るまで私も、精一杯に、生きるのだ。

一台の新しいパソコン。最後の原稿を書き上げるまで、生きたい。二年は大丈夫だと、クリニックの医師は太鼓判を押してくれたのだからと、一転して医師を信じている。その半分の一年でいい。最後の句点を打つまで、覚醒していたい。

生をくれた医師

伝えようか、伝えまいか……。いや、伝えなければならない。誰に、どんな言葉で……。

「宣告」を受けた日から、私は迷っていた。

誰にも知らせず、そっといなくなりたい。知らされれば、知らされた相手は気持ちのどこかに重いものを引きずってしまうことになるだろう。そんなことはしたくなかった。でも、私なら、知らされたことによる重さより、知らされなかった寂しさのほうが堪《こた》えるだろうと思う。「知らぬ他人」ではなく、信頼し、敬愛の思いも抱き、支えられてきたその人たちには、伝えよう、伝えなければならないと思った。

メールを送った。

手紙を書いた。

そのあて先の一人は、一九八〇年に私を「死」から救い、そして今日までの年月を見守り続けてくれた中島研郎医師であった。

中島先生
癌を宣告されました。
ぼんやりとしたまま、いろんなことを考えました。
「生きたい」という気持ちが希薄です。荘六が死んでしまった今はもう、生きなければならないというものがない。そのことが楽でもあります。といって、「どうせ死ぬのだから」という気持ちはさらさらありませんが。

誰もが限られた生を生きているわけですが、茫洋と死を感じながらも、実感としてはないでしょう。

私にとっては、二度目の具体的な「死」です。

「死」までの時間を、最初の体験を踏まえた上で、もう一度やり直す機会が与えられたような気がします。

「死への準備」を書き始めました。さあ、いつまで書けるかわからないけれど、きちんと死ぬために書いていきます。

今度こそ、確実に死ぬ順番がやってきました。正しく生きたという自負はないけれど、十分に生きてきたという思いはあります。

事件から二十九年目、先生に生かされたことを改めて感謝しています。

自分自身のためには、涙ひと粒もこぼれないものです。

昨夜はエビフライを作って、ショーチューを飲んで、満足しました。

折り返し、中島医師から返信が届いた。

杉原美津子様
トンネルの出口が見えると、ちょっとほっとするものです。

最終到達点です。

僕自身、いつまで生きているかというよりも、最後まで生き抜けるかと、考えています。

C型＋肝硬変＋肝癌は、セットです。それなりに経過が読めます。予定が練れます。次にお目にかかるまで、元気で……。


中島研郎医師――。

「絶望」とされた私のいのちを救ってくれた医師だ。

中島医師は当時、千葉県浦安町の葛南病院の四十三歳の外科部長。そっちから見ると「傲慢」。あっちから見ると「不遜」。だがこっちから触ると、胸の芯まであたたかくなる、そんな医師だった。

病院に運ばれ、意識が蘇ったとき、初めて出会ったこの医師になぜか安堵を感じ、すべてを委ねていこうと思った。その思いはずっと消えなかった。

中島医師は、私の意思や要望に耳を傾けてくれた。病院の規則を無理強《むりじ》いすることもなかった。「なぜ」と聞けば、納得するまで説明してくれた。「嫌だ」と言えば、ほかの方法を考えてくれた。「こうしたい」「こうしてほしい」には、できる限り応えてくれた。

おかげで、私は窮屈な思いをしたことがなかった。

なんとかベッドから起き上がって食事が摂れるようになった時期のことだった。私は患者用のプラスチックの食器を嫌がった。母は、家から食器を運んできてもいいかと看護師に相談した。

「そうねえ。病院のものは消毒済みのものを使っているから、ほかのものを持ち込むのはねえ……」

「そうですよねえ」

母は私にあきらめさせようとしたが、看護師が中島医師にそのことを伝えると、彼はすぐに病室に来た。

「そういう欲求が出たのはいいことだ。消毒していないといったって、普通はみんな消毒なんてしない食器で食べているさ。いいですよ。食事も病院のがまずかったら、好きなものを持ってきてあげてください」

母はうれしそうに笑った。翌日から、母は陶器の食器を抱え、何品もの料理を作ってくるようになった。その料理をのぞきに中島医師がやってくる。看護師たちがやってくる。食事の時間はいつもにぎわった。「ほかの患者さんのことも考えないと……」と、そんな声も聞こえたが、その声に中島医師は鼻でわらった。

私の右腕、肘の少し内側のところに三角の形にそこだけ別の植皮が施されている。この植皮のおかげで、私の右腕は自由に屈伸ができる。この植皮されたところを見るたびに、私はその手術をめぐっての当時の場面を思い出す。

この手術は、順天堂医院の形成外科の三宅先生がしてくださったものだ。お顔、姿、声、振る舞い、すべてが美しい先生だった。

右腕の手首から二の腕にかけて、メッシュ状に植皮されたものが縮まっているために、肘がまっすぐには伸びず、「く」の字に曲がったままの状態だった。その不自由さを訴える私に、中島医師は三宅先生に手術を依頼した。だが手術の日が決まったものの、私は手術をためらった。

すでに全身の手術を終え、私は病院で「生活」をしている。もう一度手術台に乗せられ、手術後の苦痛とベッド上での窮屈な何日かが続くのかと思うと、憂鬱だった。生死を分ける段階では否応もなかったが、今度の手術はそうではない。私が不自由を我慢すれば手術は必要ないのだ。毎日考え、くの字の肘を無理していっしょうけんめいに伸ばし、その運動を繰り返していればいつかはなんとかなるような気がした。深夜の病院の廊下を何度も往復し、腕を伸ばしては考え、「そうだ！　手術はやめよう！」と思った。当直の医師をつかまえ、手術をしないことを伝えた。

翌朝、中島医師が早足で病室にやってきた。

「どうした？」

「手術、やめた」

「どうしてさあ。もう、三宅先生に頼んじゃったよ」

「そんなこと、知らない。手術、しない」

「困ったなあ。ほら、全然、治っていないじゃない。手術しなきゃ、無理だよ」

「いいの、このままで」

「困ったなあ」

向かい側の病室で中島医師を呼んでいる。「困った困った」といいながら、医師は自分を呼ぶほうへ急ぎ足で向かった。

昨夜は無理して伸ばした肘が、朝になればまた元のくの字に戻っている。やっぱり、手術するしかないか……。でも、えっ、「三宅先生に頼んじゃった」から手術、する？　どっちにしても、手術しよう……。

病室の外で向かい側の病室から出てきた中島医師を呼び止めた。

「手術、させて、あげる」

「はっ、ありがとうございます！」

「痛いこと、しないでよ！」

「わかりました！」

局所麻酔による長時間の手術も、その術後も、苦しかった。でも手術をしなければ、くの字は今も治ってはいなかったのだ。「三宅先生に頼んじゃった」おかげだったと、患者に頭を深く下げたあのときの医師の姿がなつかしい。

また、こんなこともあった。

退院まであと少しという時期、外出の許可をもらって、荘六とデートし、居酒屋でお酒をしこたま飲んだ。入院して以来の初めてのお酒だった。すっかり酔っ払って、その夜は荘六のマンションに泊まった。荘六が電話で外泊の許可をとってくれた。

翌朝の回診の時刻までには病院に戻らなければならない。一年ぶりのラッシュの電車に乗って駆け足駆け足。回診までになんとか間に合ったものの、さあ、困った。昨晩のお酒でケロイドが真っ赤に染まっている。今日は問診だけに、と祈る思いだが、その日に限って医師が三人に看護師二人、私のベッドをぞろっと囲んだ。

私の真っ赤な肌に驚いた。

「えっ？」

「……。ま、いいだろう。こんな日もあるさ。さ、次、行こう。今日は忙しいんだよ。ひとりの患者さんにばっかり関わっていられない」

中島医師は私の体に乱暴にパジャマを被せると、さっさと病室を出ていく。若い医師たちも看護師たちもわけがわからないまま、そのあとについて出ていった。

二十九年間ずっと、中島医師がそのときのことを私に問い質したことはなかった。死を前にしての初めての告白である。話せば、医師は意地悪く言うだろう。

「そんなこと、覚えていないよ。あなたのことなんて、いっしょうけんめい考えていなかったからね」、と。

「悪い予測はいくらでも立つ」

「退院、してみる?」

入院の翌年、春を前にして中島医師が退院を口にするようになった。退院――。こわさに顔が引き攣った。身辺のことが自分ではできない。肢体もまだまだ不自由だ。病院を出ていけば誰かの荷物になってしか生きていくことができない。

「なにを怖がっているの。退院してみるかって、言っただけさ。病院にいたければこのままいたっていいんだよ」

ただ無言で医師の顔を見つめる私に、医師は私の返事を待つことなく病室を出ていった。

それから何日経過しただろう。中島医師は回診にもやってこなければ、様子を見に病室をのぞきにも来ない。私は悔しかった。退院――。そんな高いハードルをどすんと置いて、あとは自分で考えろというのか。地団太踏《じだんだ》むほど悔しかった。

そんな日、病室の外の廊下を向こうからこちらに向かってくる足音に、「中島先生」だと直感した。「やっと、来たな」と、うらめしさとうれしさが半々。こつんと病室のドアを突いて返事を返す間もなくドアが開いた。

「何か、宗教を信じてる？」

中島医師はドアの隙間から首を入れ、いきなり聞いた。宗教――？　退院後は、信じる宗教がなければ超えることのできないような何かが待ち受けているのかと、ドキンとした。

「僕、クリスチャン」

中島医師は澄まして言う。

私にはこれといって信じている宗教はないが、たまたまキリスト教系の幼稚園で一年間を過ごし、小中は公立の学校であったが、高校以降はプロテスタントの学校で学んだ。洗礼は受けていないが、聖書にこだわった時期もあり、「敬虔《けいけん》なクリスチャン」にはどこか憧れに近いものを抱いたこともある。中島先生は、クリスチャンのイメージとは大分、ちがう……。

「クリスチャンて、そんな顔、していない」

「顔でいうんじゃないもん」

それだけ言うと、医師は行ってしまった。このとき、私は何かの本で読んだ一行を思い出していた。

――この世に自分のすべてを受け止めてくれる存在があるということを信ずることが、「信仰」である。

遠藤周作氏に、このような意味の言葉があった。

一九八〇年八月。生死もわからない状況のなかで初めて中島医師に出会い、ふかぶかとしたあたたかな巨きなものに受け止められたような安堵感に胸が熱くなって以来、その内心の信頼が揺れることはなかった。中島医師のいる場所にいれば、こわさも不安も寂しさもなかった。中島医師へのそうした信頼には、「信仰」という絶対の信頼と同質に近いものがあったかもしれない。その信頼が、生死の間を大きく揺れながらも、私の根底を安らぎで満たしてくれたのだと思う。

退院とは、その懐《ふところ》から出ていくことであり、そのことの心細さをどうやって振り切ればいいのかわからない。毎日原稿用紙を携えて外へ出て行き、喫茶店に潜りこむようにして心中を文字に吐き出し、退院後の自分を想像した。

夜、医局に中島医師を訪ねた。私はこの先、一体どうなるのかを聞いた。

「ほんとうのところを言うと、どうなるかはわからない。悪い予測はいくらでも立つんだが、いい予測が立たないんだよ。なんとも言えない」

「やけどをした皮膚は、癌になりやすいって。ほんとう？」

「ほんとうだ。でも、今からわからないことを心配していてもしょうがないだろ。できるときにできる限りのことをしてごらん。自由に、生きてごらん」

私は黙って中島医師に背を向け、医局の外へと足を向けた。

「おやすみ」

私の背中にかけてくれた医師の静かな声に涙があふれた。振り返ることはできなかった。

「僕のところにおいで」

荘六の言葉にすがりついた。どうにかなるさ……。荘六のそんな生来の性格が、私に「退院」を決心させてくれた。

退院の日時を自分で決めた。退院後の生活をその年の終わりまで計画し、「十二月三十一日、飲酒解禁」と書いた。その「スケジュール表」を、中島医師の留守に医局に置いていった。間もなく、医師は「スケジュール表」を白衣の胸のポケットに入れて病室にやってきた。

「いろいろとご指示いただきまして」

医師は大真面目に、そうひとこと言って帰っていった。

七月三十一日、昼前。私の「指示」通り、見送る医師も看護師もなく、母ひとりに付き添われて病院を出た。私が生きて病院を出る日が来ることを、予測した者はいなかったろう。この日から、私は人の荷物になって生きていくこととなった。

病院に帰りたい……。密かなその思いが、どこかで私の自立心を阻んだかもしれない。暮らしのすべてに、街の風景のなにもかもに馴染んでいくことができない。中島医師の診察日に通院していく時は、心が弾んだ。私が蘇ったその、病院。濃い思い出に恥ずかしいくらい動悸がした。

それでも、こわごわ、尻込みしながら、一日、また一日と、日を重ね、中島医師から「親離れ」していった。そして荘六との無様《ぶざま》な二人三脚が続いていくなかで、中島医師は私たちの困難な状況をそれとなく察しながらも、私の相談事にはなにも聞かずに応じてくれた。住まいを失った私たちに、知人のクリニックに荘六を付添い人として「入院」させ、保証人になってくれたこともあった。そして荘六に、「わけのわからない」言動が起きてきたときも、風邪を引いて病院を休んでいた体を押して、相談にのるために出てきてくれた。

その後、住まいを東京から平塚に移し、海辺の暮らしという環境の変化に荘六は回復したかに見え、そのことがうれしく、中島医師に手紙を綴り、二人の元気な写真を添えて荘六のささやかな釣果《ちょうか》を送った。折り返し、「たいへん美味でした」と、中島医師からの返信がワインの箱に添えられていた。

だが荘六の状態は再び悪化していった。なすすべがわからず、病院に電話をかけて中島医師を探し回り、状況を話し、「だからさ、受け止めてあげてごらんよ」と、その返ってきたやさしい声に、堰《せき》を切ったようにわんわんと声を上げて泣いたこともあった。

それから後、ご近所でもらった仔犬のモクと暮らすようになったが、一歳を過ぎて発情期の始まったモクに困惑し、また、中島医師を電話でつかまえた。「安定剤を飲ませてごらん」と、教えてくれた。電話を切ってから、診察時間中であったことに気づいたが、迷惑そうな声ではなかったことがうれしかった。

間もなく、その医師に挨拶のひとことも伝えず、私たちは二宮を離れていった。その後は困窮している身辺のことを伝えるのに負い目のような気持ちがあって、刊行された私の本を贈る程度であったが、そのたびに医師からは「荘六様　モク様　美津子様」と、いつもその順番の宛名の手紙が届き、賀状もこちらからはその返信という非礼ぶりだった。

モクが亡くなって、モクの思い出を私家版に作り、医師に送った。医師からの返信の一つ一つの言葉は覚えていないが、あえて慰めの言葉を省いたその文面に、モクを失ったさびしさがやわらいだこともあった。

そうして次にやってきた、荘六の死までの日々。医師らしい冷静さで送り続けてくれたエールは、私自身の感情にブレーキをかけ、おかげで私は悔いを残すことなく送り出すことができたような気がする。

そして今、私は自分自身の「最終到達点」に来た。

「感染」の事実を知らされなかったことは、私にとってはよかったと思う。知らされていたら、退院後の心身ともに危うい状況は追い討ちをかけられるようにして、私から「生きたい」という願いを打ち砕いただろう。知らされなかったから、内心、「死」を覚悟しながらも、二十九年間を生きることができたのだと思う。

中島医師によって生かされたその二十九年の年月。いい加減に生きたこともある。汚《けが》したこともある。だが、生かされたいのちへの尊い思いを忘れたことはなかった。

さまざまな支え

「やっぱり、癌だった。でも、今すぐには、死なないって。でもね、いいの。私がいなくなっても困る人、もういないもの」

「そんなこと、言わないでくださいよ。だめですよ。死んではだめですよ。僕らがさびしい思いをします。だめだめ、生きてください」

「にんじん薬局」に立ち寄った私の報告に、店長の岡崎さんとスタッフの宮脇さんが掌を左右に振って私を制した。

いつであったか、たまたまこの店に寄ってみた。この店は普通の薬局とはちょっと違うなと、初対面でそういう印象をもった。店の人のさりげない笑顔に、お客をいたわる体温が感じられた。遠慮がちな言葉かけにも、お客の健康を希《ねが》う「気遣い」が感じられた。店を訪れるたび、その印象はいつも同じだった。

ポイントカードを作ったお客に手書きのはがきが届く。商品の宣伝、来店を待つ言葉、それに加えてひとことのあたたかいメッセージが必ず添えてある。それはほかの店でもやることだが、この店から届くメッセージには、どうということもないひとことからも、ぬくもりが伝わってくる。

店は四十坪と、小さい。開業して十二年になる。店長は四十代半ばの岡崎幸宏さん。スタッフの宮脇正治さんは三十代後半。主に化粧品を担当するのは、週三回勤務する森本多恵さん。

岡崎さんは大学で薬学を学び、卒業後は名古屋の中心街にある薬局に就職したが、自分の目指す仕事とは少しズレがあった。「モノを販売するだけの店にはしたくなかった。いらしてくださるお客さんの力になれる店にしたかった」と言う。同じ薬局でいっしょに勤務していた宮脇さんが、たまたま同じ大学の後輩だった。貸し店舗を三箇所ほど物色して現在の薬局を開いた。宮脇さんは岡崎さんの人柄を信頼してスタッフとして加わった。

この店はいつも三人がそろっているわけではない。一人対応のときもある。お客の対応の途中で電話がかかったり、一人のお客の対応に時間がかかったりして、ほかのお客を待たせてしまうこともある。お客の相談に応じれば、お客の身に入りこみすぎてしまうこともある。だが、「ありがとう」の言葉が返ってきたときの喜びは大きい。

「そのときは、店をやってよかったと、お客さんに感謝感謝ですね。その喜びはお金に換えられません。経営は楽ではないけれど、そんな心の満足が僕たちを支えています。薬剤師を売り物にするのではなく、僕たちという人間を信頼していらしてくださる店でありたいと思っています」と、岡崎さんも宮脇さんも同じように言う。

私は荘六の介護が重くなってからは「待つ」という余裕がなく、買い物が早く済む店を選んでいたが、ひとりになって時間ができてからは、薬局ならこの店ということになった。彼らは商品知識のみならず、よく勉強していた。相談事をもちかけたりすると、いっしょうけんめいに、わかりやすく応えてくれる。わからないことであれば、必ず勉強して次回に応えてくれる。三人が三人とも、お客に対する対応が、相談事があってもなくても、決して「他人事《ひとごと》」ではなかった。

癌の宣告を伝えた私に、その夜、岡崎さんからメールが届いた。発信時刻は、正確に言えば翌日の午前二時。夜の十時に店を閉めて帰宅し、一段落してから送ってくれたメールだった。

——病気は治せることができれば一番いいのですが、治せない病気になったら、ブレーキをかければ延命できます。病気と共存できたら、その人の寿命まで生きることができます。

私にドクターになれる能力があれば、もっとみなさんのお役に立つことができたでしょう。

私どもは、残念ながら、あくまでも脇役です。

でも、いっしょうけんめい、お役に立てるようがんばりますので、よろしくお願いします。

誠実でやさしい彼らに出会えたことが、うれしかった。

八月五日

午後一時。日赤の地域医療連絡センターの「がん相談室」を訪れる。看護師が丁寧に応対してくれる。

今後どうなっていくかは、医師が経過観察しながらそのつど予測を立てていく。一センチ大の癌が大きくなっていくのは年単位であり、死まで五年十年とかかる場合もあり、逆に一年、もっと短いかもしれない。それは神のみぞ知ること。転移の可能性も少なくない。今の医療体制は患者を病院だけで抱えず、さまざまな機関が地域で連携しあって患者を支えている。病院と連携をとって訪問診療を行っている「在宅クリニック」もあるので、かなりの段階まで在宅生活を維持することもでき、在宅でも痛みの緩和《かんわ》ケアが十分に可能だ。薬でコントロールするので本人の痛みの我慢は十のうち二割程度。余命三カ月以内となって在宅が困難となったときには、ホスピスに入ることも可能。状態が落ち着けば自宅に戻る。ホスピス入院も一般病棟であれば、保険がきく。

相談に応じてくれた看護師は、ゆっくりと一時間を割いて、さまざまなサポート機関があることをインターネットからプリントしてくれたりしながら、懇切丁寧に教えてくれた。いつでもおいでくださいね、との暖かい笑顔に気持ちが慰められた。

八月七日

日進市の愛知国際病院に川原啓美《ひろみ》理事長を訪ねた。

国際病院は愛知県で唯一、ホスピスを併設する病院である。川原先生は八十一歳。クリスチャンで、お顔も声も言葉も動作のすべてが穏やかな人だ。十年あまり前に取材などでお会いしている。

理事長室に招かれ、やはり十年あまり前にお会いしたソーシャルワーカーの鈴木ひとみさんも同席し、医療の現状を説明して、あたたかな助言をたくさんしてくれた。治療は受けないという私に、川原先生は静かに言った。

「実は、私は三年前に妻を亡くしまして。いっしょにここまでやってきましたから、亡くなって何カ月間かは早く死にたいという気持ちばっかりでした。でも、三年経った今は、すっかり落ち着きました。杉原さんも、ご主人が亡くなってまだ半年あまりしか経っていないから、そういうお気持ちにもなられるでしょうが、もっと落ち着いてくればお気持ちも変わっていきますよ。今、急いで結論を出さないで、生きられるかぎり、楽しく生きてください」
傍らで鈴木ひとみさんも、祈るように同じ言葉を返してくれた。
帰路の一時間あまりの道、ふっと「生」か「死」かと、心が揺れる。

八月八日
愛知たいようの杜《もり》の訪問看護の服部志津子さんが訪ねてくれる。彼女は荘六が「肝っ玉かあさん」と呼んで信頼を寄せていた人だ。包容力があり、裏表のない人柄で、大きな目がかわいい。荘六は彼女をいちばん頼りにしていて、彼女がやってくるとはしゃいだくらいだった。
私は現状を伝えた。彼女はできる限り力になるよと言って、さまざまな助言をしながら、荘六のことをなつかしく思い出してくれた。次から次へと忙しい訪問の仕事の合間に訪ねてくれた彼女。久しぶりにひとりの部屋に笑い声の上がった楽しい時間になった。
ひとりでなければ、最期の苦しい日々も崩れることなく生きていくことができるような気がする。ひとりでなければ、あたたかな思いで死んでいかれるだろう。

八月十日

最近、両足がひんぱんにこむらがえりを起こすようになった。外出すると、屋外では頭がふらつく。喉奥に痛みあり。体の芯に熱がこもっている感じあり。ベッドに入るとひどく寒さを感じる。間もなく寒さが熱さに変わり、体中から汗が出る。咳もある。風邪？　それとも、癌の進行？

なんだか、この期《ご》に及んで、モノが次々と使い物にならなくなる。まず、電磁調理器が修理を必要とするようになった。高い修理代を払うよりもと、新しく買いなおすことにした。電話機が不調になった。プリンターが動かなくなった。冷蔵庫もレンジも十年になる。そろそろ寿命がくるだろう。幸先《さいさき》、悪い。「お前がぐずぐず生きているからだ」と、急がされているような気がする。

原稿に集中できない。こんな程度のことで、また、ぼんやりしてしまう。先が思いやられる。「死ぬ」ということは特別なことではない。「あなたは一生、死なない」と言われたらもっとこわいだろう。「死ぬ」ということは、いのちに与えられた「権利」かもしれないのだ。

毎日、新品のパソコンと格闘している。ビックカメラのオンラインサポートを利用し、パソコン操作に困ると電話ばかりしている。十分にわかるまで、数時間もの長い電話。「もっとゆっくり話して」「もっとわかるように言って」「そんなこと言われたってわからない」と、文句ばかり言いながらも辛うじて、なんとか、パソコンが稼働を始めた。インターネットもつながり、プリンターもあっちこっち触っているうちに動き出し、インストールに手間取ったが、無事につながった。冷静になったらスムーズに操作ができるようになった。うれしくて翌日、サポート員に電話した。おかげさまでできるようになった、と。「それは、よかった！」と、電話の声がいっしょに喜んでくれた。

さまざまなところで、初めて出会った人々からも、私はどれほど支えられてきたかわからない。

車椅子を押しての通院の往復には、電車やバスやタクシーの乗り降りのときも、道路の段差で四苦八苦しているときも、見知らぬ他人が複数で駆け寄ってくれた。荘六に最期の時が来た日、個室に移したかったが、我々は生活保護受給者であったから、

「保護」の基準を超えてしまう個室は使うことができない。だが個室であれば、私が仮眠できるソファベッドが設置されているからと、看護師は「少しでもお休みにならないと」と言って、個室の費用は病院が負担すると申し出てくれたことを思い出す。

私にはお金という財産はないが、人々のあたたかさが具体的に、荘六に不自由のない、最善の医療と最善の看護と最善の介護を与えてくれたと思う。

一九八〇年から二十九年。今、自分自身に再び突きつけられた「死」と向き合い、人のやさしさが自分のいのちを超えるほどの財産となっているような気がする。ひとりでは決して学ぶことができなかった「やさしさ」。自分に注がれたそのやさしさは、私に、他者へ注ぐ喜びをも教えてくれたのだ。そうして「生かされてきた」自分を粗末にしてはならないという、強い思いが私にはある。そのことが、私を幾度も「正しさ」へと直してきてくれたような気がする。

その人々のぬくもりが、ふっと、「もう少し生きてみたい」という気持ちへ私を傾けさせてしまう時がある。だが今はもう、いのちの終焉《しゅうえん》へと歩きだした足はその道をまっすぐに歩いていくことしかできなくなった。

新しい在宅医療

八月二十六日
「三つ葉在宅クリニック」を訪ねたのは、夕刻六時を回っていた。

名古屋の中心街、東区東桜。買い物や食事を楽しむ人々や金属音が奏でるメロディ、ちりばめられた光、振りまかれた色の洪水。そんな華やかさと、ビジネスマンたちのスーツ姿が交錯する街。その一角のビルの八階。

クリニックの受付で、私は女性スタッフに名を名乗った。彼女が奥に入ると、入れ違いに別の女性が現れた。彼女は親しげに微笑《ほほえ》んで「山口です」と名乗った。メールの往復から、あたたかな気遣いと過不足のない正確な応答を感じた彼女の印象は、そのままであった。

クリニックの代表、舩木医師に会う約束を取り付けてから、私はあらかじめ二十数項目の質問事項をメールで送った。それに対して、秘書であり広報の責任者である山口泉さんから、クリニックのパンフレットやメディアに取り上げられた記事が送られてきた。それらの資料に目を通し、しっかりと理解するために、私は資料のすべてと、それに関連する事柄や用語をインターネットで調べ、すべてをパソコンに打ち込んだ。それは四〇〇字換算で一〇〇枚あまりに及んだ。その作業に三日要したが、おかげで質問事項の大方は答えがわかり、あとは追加質問を加えても十項目だけとなり、一時間という限られた範囲でなんとかなる目処《めど》がついた。

クリニックがスタートしたのは、二〇〇五年四月。船木良真医師、二十七歳のときだった。

病院の勤務医であった船木医師は、医療者主体の病院医療に疑問を感じていた。患者たちは「先生の説明がよくわからない」「全然、話を聞いてくれない」と訴える。「家に帰りたいけど帰れない」という、患者の切なる思いに心を動かされた。

通院できない患者の多くが高齢者である。彼らは病気や後遺症を抱えながらも病院での治療の対象ではない。そういう人々が、生きがいをもって家族と暮らす生活を維持できるようにサポートする医療――、医師として自分が目指す医療は「これだ」と思った。「在宅医療を通して社会システムが変わっていく姿が、くっきりと頭に浮かんだ」と言う。

志を同じくする三人の若い医師たちとタッグを組んだ。デンマークをはじめ諸外国の在宅医療を視察した。在宅医療を支えるには、医師と、医療と福祉をつなげるケアマネジャーと、さらに家族たちも連携する「総力戦」が不可欠であることがわかった。それには、「医師を頂点とするピラミッド型ではなく、医師は従来のヒエラルキーを捨て、同じ理念を持つ専門家がパートナーとして対等に働けるようでなければならない」ということも。さらに情報を全員が共有することで、仕事を一人で抱え込まない体制づくりを目指した。

「最高の在宅サービスを提供し、安心して暮らせる社会を創造する」を理念とし、「二十四時間三百六十五日、いつでも応じる」「患者が主役」「地域で支える」を行動指針において、開設資金を一人四百万円、四人で一千六百万円を準備した。みな無給でのスタートだった。初めての患者がついたときは、うれしくて四人全員で駆けつけた。「自分の生活を犠牲にして」では続かない。夜間や休日は当番制をしき、週一、二回は休日がとれるようにした。

約六十カ所の訪問看護ステーション、約百二十人のケアマネジャーと連携している。価値観を共有するプロとしての対等な関係が、信頼関係を築き、それぞれのやりがいを引き出した。何か大きな問題が起きれば、関係者全員で話し合って方針を決めている。

医師の象徴である白衣はあえて着ない。「医師の多くが上からものを言う。だが三つ葉の先生たちは同じ目線でいっしょにやりましょうと言ってくれる」とケアマネジャーは言う。訪問時には患者の話をじっくり聞く。「安心して暮らせる」という患者の笑顔が、スタッフの最高の喜び。「いつでも駆けつける原動力になる」と言う。

評判は口コミで広がっていった。

立ち上げに関わった医師のほとんどがビジネススクールに通っている。「スクールでの学びがそのまま現場に生きる。医療が立体的に見えるようになり、いろいろな切り口で見ることができるようになった。たとえば他の産業と比べたり。それがマーケティングや経営戦略、財務など、すべての局面で生きている」と言う。

システム担当SEを一名置き、ITを駆使した効率化を目指し、スケジュール管理や薬剤などの在庫管理にも電子化を徹底した。独自に開発した電子カルテを導入し、ノートパソコンや携帯電話で常に同じ情報を共有できるようにしているので、休日や夜間の担当医はクリニックに詰めることなく、自宅で待機できる。クリニックの半径三キロ以内に五百床から一千床以上の病院が四つあるので、バックベッドの確保も十分で、基本的には緊急時の受け入れが約束されている。

二〇〇九年。医師は常勤五人。非常勤八人。患者は四百人あまり。平均すると一人の医師で約五十人を受け持っている。往診車の台数は十台。九割がガソリンと電気を併用するハイブリッドカー。一週間の走行距離は一台あたり約二五〇キロ。運転中の携帯電話は手を使わず、スピーカーとマイクで通話する。開設以来看取った患者は約三百人。現在名古屋市内八区の患者を対象にしている。他区域からの要請も多いが、遠方だと診療に時間がかかり、対応が遅れるからだという。

在宅医療に関する費用は、医療保険と介護保険による保険診療である。医療費は自己負担の上限（年齢や所得によって異なる）があるので、患者は一定額以上の医療費は払う必要がない。

在宅での処置は、点滴から中心静脈栄養、麻薬による痛みの緩和ケアまで行う。検査は、血液・尿などの検体検査のほか、心電図、超音波も可能。さらに大きな設備を必要とするCT、MRI、内視鏡、レントゲンなどの検査は、クリニックが連携病院や医師会の検査センターに予約して行われる。

国は高齢化による医療費の負担増を抑制するために、「病院から在宅へ」を推進し、二〇一二年度末までに、三十八万床の療養病床数を十五万床までに減らすなどの目標を掲げたが、二〇〇八年にはその目標値を二十二万床に変更し、削減幅を緩和する方針を打ち出した。

そして一方で、二〇〇六年には国が定める設置基準を満たす「在宅療養支援診療所」への診療報酬を引き上げたが、在宅医療を担う開業医はなかなか増えない。また「在宅療養支援診療所」を標榜していても、実際には夜間往診には対応していなかったりと、そのレベルはさまざまだ。「在宅療養支援診療所」として届け出た後、届け出を取り下げたケースもある。診療報酬は上がっても、「きつい労働」には見合わないという声もある。

だが舩木医師は、「報酬は十分すぎるくらいだと思う。要は考え方次第です。病院医療と同じに考えれば、きつい。合わないでしょう。志の問題です」と。

初対面であったが、クリニックの彼らの一挙一動から、「誠実さ」と「やさしさ」「あたたかさ」を感じた。通院が無理となったら、訪問介護と訪問看護をお願いし、最期まで訪問診療によって在宅で痛みの緩和ケアもお願いすることにしたい。

自分の死までの道順を確認できたことで、これから先のことへの不安は小さなものになった。私は夜のにぎわう街を早足で通り抜けて帰っていった。

臨死の記憶

十月

二度目の検査結果では、三カ月前に一センチ大であった癌は三倍の大きさに進行していた。癌は肝臓の真ん中の深部にあり、仮に手術するにしてもダメージが大きすぎるという。いずれにしても治療は望んでいない。半年後には、腹水と黄疸《おうだん》が起きてくるとのこと。医師は淡々と言葉少なに説明し、私は頷くだけだ。

医師は言った。「治療はしなくても、症状をやわらげるために入院することはできます。行き場所がないという状態にはしないので、それは安心していてください」と。そしてその後を三つ葉在宅クリニックにつないであげましょう、と言ってくれた。医師の気遣うような静かな声がありがたかった。

「絶望」と診断された、一九八〇年。

「癌」を宣告された、二十九年後。

それは、再びの「死」の宣告も同然だった。

二十九年前の臨死の記憶は、それが意識も定かでなかった時期にもかかわらず、今も私の中で厳然として消え去ることはない。彼岸の静まり返った風景も、滔々《とうとう》と音もなく流れる大きな川も、すべての苦痛から解かれてその淵を行きつ戻りつしていた私の姿も、たとえ話でもなければ、そんな夢をみたということでもなく、あれこそが私にとっての確かな「現実」として、今も記憶のなかにしっかりと刻まれている。私はもう一度、生死の境をさまよったあの時間に再び戻っていき、今度はあの川を渡っていくのだ。

時間がなくなった。

癌が一センチだったときには、進行は「年単位」と言われたこともあって、残された時間をどう生きようかと、急かされる思いをしながらも「生きる計画」をあれこれと考えていたが、「死」を目前にした今ではもうそんな余裕はなく、「死後」のための準備を整えておくことが最優先となった。

福祉事務所にて

まず、福祉事務所保護係を訪れた。

「生活保護」を受給して二年あまりになる。

二〇〇七年二月。重介護となっていった荘六からいっときも目が離せなくなり、私は仕事をすべて捨てて、できうるすべてを荘六に注ぐことにした。生活保護――。誇りがかすかに私の決心を迷わせもしたが、ぐずぐずしている余裕はすでになかった。申請の手続きを済ませるともう迷いはなく、「荘六」を最優先にできたことが、むしろ誇らしかった。

二人世帯に支給される生活費は住宅費を含めて一カ月十六万円弱だが、私には二カ月分で約十二万円の年金が入ってくるので、その金額を差し引いたものが支給額である。そのほか、医療費や介護保険の利用料の負担は全額免除される。

だが、労働に対する対価としてではなく、何もしないで生活費を支給されることに、割り切れない思いが拭えなかった。

ひと晩、考えた。

荘六を施設に預ければ、私は仕事を継続し、保護を受ける必要はないだろう。だが私には、荘六に対して一つの悔いがあった。

私の仕事は常に締め切りに追われ、ほとんど毎日のように取材で出かけ、ひとりぽつんと取り残される荘六の寂しさを思いやりながらも、仕事を優先せざるを得なかった。荘六の寂しさは限界を超えてしまったのだろう。妄想が始まり、不可解な認知不全の言動が日増しに激しくなっていった。かわいそうなことをしたと、胸を締めつけられるその思いも、もう遅かった。今度こそ、寂しい思いをさせることなく、最期まで自分の力で看たかった。

わずかな預貯金では、仕事をやめた後の生活を支えることはできなかった。自営で編集の仕事ひと筋でやってきた荘六には年金がなく、国民年金に加入する余裕もないままとなった。預貯金が手当てできなかったこと、年金に頼ることもできなかったこと。それにはあれこれと理由があったにせよ、私たち自身の不徳の致すところであったのだ。誰もが病み、老いる。やがて誰もがたどるその道のりに備えて、みんな苦労しながら生活しているのだ。それが、私たちはどうだというのだ。備えることができませんでしたからといって、人々の税金から「生活費」をもらう権利などあろうか、と。

さらにひと晩、考えた。

納得がいかなくても、現状を乗り切る手立てがほかにない。介護の期間がいつまで続くかわからない。やはり「保護」に頼っていくしか、荘六を支える方法はなかった。今は、感謝して頼り、いつか「書く」という仕事によって社会に還元できるような生き方をしようと、自分に納得させた。

福祉事務所の職員たちは皆、親切であった。用があって窓口を訪ねれば、「すみませんが」とこちらが呼ぶ間もなく、誰かが立ち上がって来てくれた。世間で耳にするような「侮蔑《ぶべつ》」を、一切受けることはなかった。どんな相談にも懇切に応じてくれた。

窓口で数分待つ程度のことに対しても、「お待たせしてすみません」と言って応じてくれる。担当の職員は「ご主人、どうですか?」と安否を尋ねてくれた。用件を済ませて礼を伝えると、「ごくろうさま」の言葉が返ってくる。「無理と思っても、まず言ってみてください。できることはしますから。希望を叶えられなかったら、ごめんなさいね」と、遠慮は無用だと言う。「できないこと」であれば、こんな方法もあるあんな方法もと、助言してくれた。

自宅に見舞ってくれた職員は、荘六の妄想や暴力に怯える私に「施設入所」を勧めたが、首を縦に振ることのできない私の言葉は涙となり、その職員は私の涙が引くまで無言で待ってくれた。そのやさしさは私を孤独にさせなかった。

こうしてみようかああしてみようかと一人で考え、自分なりの結論が出せたときは、自転車で走って職員に報告に行った。「そう。がんばってください」「困ったらいつでも相談に来てください」と、職員の笑顔があたたかかった。お役所の心ない紋切り型の対応などと、公的機関、なかでも福祉事務所の対応はとかく非難の的になるが、私にとってその「お役所」とは、利益を抜きにはできない民間の応対に比べたら、はるかに偽りのない親切とやさしさを感じさせてくれた。

こんなふうに逝きたい

荘六の葬儀一切を終えた翌日、私は福祉事務所に行き、担当職員にその報告をした。「おかげさまで」と伝えると、職員は返す言葉に困ったように俯《うつむ》いたまま、いつもよりさらに丁寧な仕草で、事務的な手続きを簡潔に済ませてくれた。その職員の気遣いに、感謝の思いしかなかった。担当者は毎年度替わる。区役所で前年度の担当者に偶然出会ったら、「お元気ですか？」とやさしい声をかけてくれた。

そして今、私は自らの「癌」を伝えに福祉事務所を訪れた。

「癌の確定」に、職員の男性は一瞬、返す言葉がない。

「でも、大丈夫。すぐには死なないそうです」

「だめだめ。もっともっと生きてください」

彼は、もう一度、葬儀について確認しておきたいという私に、役所としての対応について細かに説明をしてくれた。

生活保護受給者には、葬儀を行う扶養義務者がなく、遺留した金品で葬儀を行うに必要な費用を満たすことができないとき、基本的に「葬祭扶助」が適用される。扶助の範囲は、納棺から埋葬までで、お経も戒名《かいみょう》もつかない。費用は二十万円前後までで、現物給付によって行われる。

荘六も私も、葬儀に関してはもともと最小限のことしか望んでいなかったし、ひと通りの儀式もないほうがありがたかった。お経もお線香も仏壇にも無関心であったし、街で喪服の一群を目にすると、「あれはカラスだ」と荘六は指をさして笑った。「僕が死んでも、あんなもの、着るなよ」とも。

荘六の葬儀も、葬祭扶助によって行ったが、納棺から火葬までの手続きには死者への仰々しい湿っぽい演出がなく、その「簡便さ」にすがすがしいものさえ感じ、私を「死」の重苦しさから解放してくれたことがありがたかった。そして、まだ温かさの残る小さな骨壺をバッグに入れ、ひとりで火葬場を後にした私は、荘六はこれでこの世の一切の苦しみから解かれたのだと思うことによって、自分自身のさびしさを慰めることができた。

私の死後もそんなふうにして済むのだと思うと、死後の始末を頼んでいくことの荷が軽くなる。

今後の入院から在宅でのこと、そして死後のことまで、ひと通りのことを確認できたら、彼は私を「高齢者福祉」の窓口へ連れていった。

「ひとりで急変したら困る。僕も様子を見にいくようにするけど、定期的な訪問を頼んでおきましょうよ」

相談員が対応中でまた今度ということになったが、よほど心配だったのか、彼は私をなかなか帰してくれない。

「今後のこと、いっしょに相談しましょうね」と、やさしい。

「ありがとうございました」と、私は出入り口に向かい、通路を出口へと曲がるところで振り返ると、先刻の職員が私を見送っていた。この日以来、用事をすませてひとことの礼を伝える私に、彼は「お気をつけて」の言葉を添えてくれるようになった。

私にとって「生活保護」を受けるということは、彼ら、職員たちのあたたかい対応のおかげで、「最後の誇りを捨てる」ことにはならなかった。むしろ荘六を送ってなかば放心状態のままに、二十四時間のほとんどを無心に執筆に注ぎ、一冊の本（『夫、荘六の最期を支えて』講談社刊、二〇〇九年）を書き上げることができたのも、「保護」に支えられてこそのことであった。印税のほとんどは「返還」となるが、書き上げた達成感が、私の誇りをしっかりと支えていた。

私にとってその「誇り」とは、荘六と、その最期までを共に生きることができたという「満たされた思い」であった。

郵便はがき

料金受取人払郵便

日本橋支店
承認

3980

差出有効期間
平成24年1月
31日まで
(上記期限までは
切手は不要です)

103-8790

041

東京都中央区日本橋浜町
2-10-1-2F

株式会社トランスビュー行

書名

本書についてのご感想、ご意見をお聞かせ下さい。

お買い上げの書店名

市
群
区

町

書店

お名前　　　　　　　　　　　　　　　　　　　　　　　　年齢　　歳　　男・女

ご住所（〒　　　　　　　　　　）　　　TEL.

E-mail：

小社の新刊等の情報を希望（する・しない）

ご購読の新聞・雑誌名

本書を何でお知りになりましたか

1. 書店で見て　2. 人にすすめられて　3. 広告（雑誌名　　　　　　）
4. 書評（紙誌名　　　　　　　　）　5. その他（　　　　　　）

注 文 書

月　　日

書　　名	冊　数
	冊
	冊
	冊
	冊
	冊

下記のいずれかに○をお付け下さい。

イ. **下記書店へ送本して下さい。**
（直接書店にお渡し下さい）
＊書店様へ＝低正味・スピード納品で直送します。貴店名／ご担当／ご住所／TEL をご記入下さい。

ロ. **直接送本して下さい。**
代金（書籍代＋送料・冊数に関係なく200円）は現品に同封の振替用紙でお支払い下さい。

＊お急ぎのご注文は下記までお申しつけ下さい。
電話 03・3664・7334
FAX 03・3664・7335
e-mail：order@transview.co.jp

www.transview.co.jp（小社書籍の詳細をご覧頂けます）

第2章　追憶

レビー小体型認知症

「たいへんでしたね。レビー小体型認知症の専門医としてもう少し早く治療にあたることができたら、多少のちがいはあったろうと考えてしまいます」

日赤の再診で検査結果を告げられてからほどなくして、夕刻、紘仁《こうじん》病院の八十島医師から電話がかかった。八十島医師は、荘六の最期の段階でやっとたどり着いた精神科医である。

医師にはすでに拙著『夫、荘六の最期を支えて』が出版社より献本され、その後、医師から私あての礼状が出版社経由で届き、その返礼の手紙を送ってしばらくしての医師からの電話であった。

八十島医師の声を聞くのは一年ぶりのことだった。その静かな声はかつてのままだった。

医師は、私に手紙で伝えたのと同じ言葉を痛々しそうに繰り返し、進行していく私の癌に対して、「お役に立てることはありませんか」と、いたわるように言った。その声のやさしさは、ほかに誰もいない部屋で癌を抱えている私の心細さをあたためてくれた。私は荘六を、このようにやさしく支えたであろうかと、心穏やかにはいかなかった介護の日々が痛みをもって思い出されてくる。

荘六はがたんがたんと衰えていく自分の老いを受け止めることができなかった。それまでできていたことができなくなっていくことに自尊心が傷つき、焦りと不安と苛《いら》立《だ》ちを自分で制御できなくなっていた。その状態は、速度を上げて坂道を転げ落ちるように激しくなっていった。確かに認知症と思われる記憶の混乱もあったが、それ以上に私を苦しめたのは、目に憎悪の色をたぎらせて「出ていけ！　死ね！」とぶつけてくる怒鳴り声や、拳を上げて殴りかかってくる暴力であった。私は怯え、怒りと悲しみで震え上がった。その狂気の時間は時には何時間も、さらには一昼夜も続いた。だが鎮まれば夢であったかと思うほど、荘六はさびしそうに涙を溢れさせた。

この、尋常ではない激しい言動に、「レビー小体型認知症」と診断が下った。だが私には荘六の状態を理解できないながらも、医師のその診断に、「本当に？」という、信じきれない思いがあった。

なぜなら、そういう症状は私が荘六をしっかりと受け止めることができないときに現れるものであり、荘六の苛立ちを私が平然と受け止めることができているときには、さほどのこともなく収まってしまうからだった。もしかしたら「私が悪い？」と、思った。きっと、病気なんかでは、ない、と。

だが、そのすさまじさが朝からはじまり、深夜になっても収まらず、明け方まで続いたときには、荘六が鎮まってもなお恐怖は去っていかなかった。ついにその日の夕刻、荘六をメンタルクリニックに連れていった。医師は「精神錯乱もある」と診断し、強い安定剤と眠剤を処方した。帰宅すると、荘六は私の差し出す薬を、何を疑うこともなく口に入れた。この時、私の目に溢れた大粒の涙のわけは、これで鎮まってくれるという安堵感と、私自身を守るために、かけがえのない人に「愛」ではなく、「薬」に解決を求めた自分の残酷さであった。

荘六は一度目の服用から昏々と眠り続け、じきに舌根沈下が起きて嚥下《えんげ》困難となり、水分も食事も受け付けなくなった。クリニックを他院に変えてみたが好転せず、クリニックでは対応が無理という医師の判断で、入院も可能な精神病院の、レビー小体型を専門とする医師へ紹介の手続きがなされた。それが紘仁病院の八十島医師であった。

八十島医師はＭＲＩ検査と脳波を測定すると、その検査結果から私に説明をした。

「後頭葉に異常な萎縮がみられます。これはレビー小体型認知症に特有のものです。萎縮は新しいものではなく、すでに十数年前には発症していたと思われます。これまでに失神転倒を起こしたことはありませんでしたか。前頭葉と側頭葉、海馬は生きているので、記憶の混乱はあっても記憶不可ではありません。相手が身内の人か他人かの区別はできています。

興奮の波は繰り返されますが、持続はしません。波が起きたときは鎮まるまでそっとしておくしかありません。この段階ではもう、アリセプトも抑肝散も効きません。どうしてもというほどの状態になったときには、閉鎖病棟に三カ月間の入院をして薬を使ってコントロールを試みる方法もありますが、まずは様子をみましょう。

レビー小体は認知症のなかでもいちばん困難です。その原因はわかりません。この病気の患者さんは周囲の状況に非常に敏感で、介護者の心にストレートに反応します。それはまるで介護者を映す鏡のようなものです」

荘六は二十年以上前に、六十歳を前にして「別人」のように変貌したが、その時以来から今日までのことを、この医師に概略伝えてみた。私は傍らの荘六を気遣って、ぽつりぽつりとためらいがちに話したが、荘六の表情はまるで他人事だ。医師は考え込むようにして、小さな声で言った。

「あるいはその二十年以上前に、すでにレビーが発症していたのかもしれませんね。その当時はレビーなんてほとんどの医者が知らなかったから、神経症と診断されても不思議ではなかったと思います」

医師はさらに声をひそめて続けた。

「この病気は進行が早く、あっという間に寝たきりになるケースが多いです。でもしっかりと受け止めてあげることによって、その進行をなだらかにさせることはできます。レビーは家族が腹をくくって受け止めるしかないのです。あなたが根負けしたらおしまいですよ。あなた自身の動揺がいちばんよくない。レビーは神様が家族に与えた試練ではないかと、そんな気がします。本人は、すごく好きと、すごく嫌いが表裏一体。嫌いなことは根強く一生続きます。長年連れ添ってきたのだから、受け止めてあげてください。あなたが受け止めなくて、誰が受け止めるんですか」

八十島医師の説明によってはじめて、私は二十年以上も前に始まった荘六の不可解な言動のわけが理解できた。

——長年連れ添ってきたのだから、受け止めてあげてください。あなたが受け止めなくて誰が受け止めるんですか。

叱責をこめた医師の静かな声に、この時、私は恥ずかしさで体が熱くなった。そして私は、はじめて自分を振り返ったのだ。

荘六に与えられることばかりを求め、支えられることばかりを待ち、私の多すぎるほどの要求に荘六は応えることができなかった。私は自分の甘えや弱さゆえの自分への苛立ちの矛先《ほこさき》を荘六に向け、どれほど責めてきたであろうか、と。

この時、中島医師が私に贈ってくれた言葉を思い出していた。

「面倒みてもらってきたんだから、今度はあなたが面倒をみる番がきたんだよ。お返しをする時がきたんだよ」

荘六と生きてきたはるかな道を辿りなおしていけば、うれしかった思い出ばかりが蘇ってくる。

「最期まで荘六を愛したという誇りが、私自身のさびしさを支えています」

八十島医師の電話に、そう答えた自分のこの言葉を、せめてもの慰めにしたかった。

「言葉」のよろこび

「思うことを思う存分、堂々と書いてごらん」

荘六との出会いは、彼のこの言葉から始まった。

そのとき私は三十歳を少し過ぎていた。彼は私より十六歳年長の五十歳の少し手前だった。


私は子どもの頃から、「変わっている」と、よくそう言われた。そう言われることは「のけ者」にされるようで寂しかったが、人と同じように感じることができないことが多くあった。みんなにとって「普通」であることが、私には「なんだかヘン」だった。なかでも両親や兄妹たちと、思うことがちがうという、その距離感に苦しんだ。小さな子どもが家族のなかで「孤立感」を抱くのは、耐え難いことだった。

私はみんなと、ちがうことを思っているようだ。その思いを口にすれば「ヘンな子」「普通じゃない」と言われた。

あなたはよく泣いたと、のちに母が言っていた。涙をいっぱいにためて、なんにも言わない子どもだったと言う。「何でも言ってごらん」と母に言われ、ただ堰《せき》を切ったように泣きじゃくった、と。誰ともつながる方法がわからなかったのだろう。

その私に「書く」ということを教えてくれた教師がいた。小学校の三年生、九歳のときだった。

それは、今から五十六年前の一九五三（昭和二十八）年。戦後八年目のこの年、前年にGHQが廃止となって日本は主権を回復し、間もなく朝鮮戦争特需の恩恵を足がかりに「神武景気」が到来、「もはや戦後ではない」と、経済復興へと急カーブを切っていく。NHKラジオで「笛吹童子《ふえふきどうじ》」の放送が始まり、その番組を楽しみにしていた私は、主題歌を今でもなつかしく思い出す。中村メイ子が一人四役を演じた「お姉さんといっしょ」も始まった。伊東絹子がミス・ユニバースで三位に入賞し、「八頭身美人」が流行語になった。友だち同士、物差しで測り合っては何頭身と言い合い、傷ついたりけんかになったりもした。日本で初のテレビジョン放送が開始され、大晦日にNHKの紅白歌合戦の公開放送が始まった。テレビのある家にみんなで押しかけ、床の間に鎮座したテレビに感動したものだった。私たち子どもの遊びのなかでは、

「開戦！」「軍艦軍艦、沈没！」の言葉が飛び交っていたが、それもう、わいわいと楽しい遊びの時間でのことだった。

そんなあるとき、授業の最中に窓の外が急に暗くなってきたと思ったら、叩きつける雨といっしょに雷がメリメリメリ、ドカーンと始まった。子どもたちは悲鳴を上げてこわがり、授業は中断してしまう。間もなく落雷の音を最後に、雨も遠のいていった。

教師が藁半紙《わらばんし》を物差しで四つに切って子どもたちに配った。「今の雷のことを書きなさい」と。

私は書いては消し、書いては消し、ウーンと悩んだ。雷のこわさがまだ体の中に居座っていた。その「こわさ」を体の外へ出してしまいたい。だが「こわかった」「まだ、こわい」と書いても、「こわさ」は居座ったままだ。ほかの子どもたちは書いて教師に渡していくが、私は授業の終わるチャイムが鳴っても、とうとう書くことができなかった。教師になぜと聞かれ、そのままを伝えたと思う。そのとき教師が私にどんな対応をしたか覚えていないが、少なくとも叱る言葉は返ってこなかった。

まだ教師になりたての、「遠藤幸枝先生」という名の若い女性だった。彼女は、腺病質で引っ込み思案であった私を、なにかにつけて引き出すようにして「――ちゃん」と呼んでかわいがってくれた。

先生は一冊の総ルビの本を私に与え、「感想文を書いてね」と言った。下村湖人《しもむらこじん》の『次郎物語』が最初の本だったと思う。この小説の社会的背景は無論、一つひとつの言葉の意味も理解できたわけではなかったが、里子《さとご》に出された少年の悲しみや寂しさに、涙で文字が見えなくなった記憶が残っている。どんな感想文を書いたのだったろうか。

それからも、「遠藤先生」はいろんな本を私に与え、いつも「感想文を」と言った。その宿題は楽しかった。開いた本から見知らぬ世界がはじまっていく。その世界が動き出し、言葉と言葉の間から音が聞こえてくる。見知らぬ人たち、村の風景。降り積もった雪の白さ、冷たさ。言葉の不思議さ、言葉の無限の世界に、吸い込まれるように夢中になった。言葉がつながって文章になり、言葉として書かれていない言葉が見えてくる。色も光も見えてくる。その不思議さ。こころにいっぱいに飛び込んできたその感じを、どうやって書いたらいいのか。鉛筆を握り締め、無我夢中になり、右手の中指には大きなペンダコができた。

「遠藤先生」は一年間きりの担任であったが、その後もこの教師を焦がれるようにして慕い、「遠藤先生」に会えるかもしれないと、それを楽しみに通学した。私にとってこの世でいちばん好きな人。時には母以上に、であったかもしれない。

本を読む楽しさは膨らんでいく一方だった。新しい本を広げる。そこに初めての世界が動き出す。いろんな音が聞こえる。光が飛び込んでくる。初めての人たちに出会う。その姿が見える。その人たちの息遣いが頬に触れる。言葉はまるで宝石のようだった。

毎月一冊しか買ってもらえない本を、ひと晩で読み終えてしまう。友だちに借りる。それもすぐに読み終えてしまう。なんでもいいから「言葉」を読みたい。新聞を、理解できなくても読んだ。国語の辞書も読んだ。街で見かける広告の文字。包装の文字。初めて知った言葉を書き写した。画用紙を買ってもらってリボンで綴じ、「詩」のノートを作り、そのノートと鉛筆を持って雑草の原を歩き、「詩作」に耽《ふけ》った。楽しかった。友だちと遊ぶよりもはるかに楽しかった。

真っ白なノートを開けば、そこは「冒険」の始まりであった。

「書く」ことを覚えた私は、内心の思いをひそかに書き綴っていった。だが書いたものが親の目に触れれば、「ヘンなこと」を書いていると叱られた。間もなく「遠藤先生」から卒業していった私は、次第に「書く」ことを後ろめたいと感じるようになり、書いたものをひたすら隠すようになった。

それにしても、そんな「変わり者」が、友だちからも教師からも、ただの一度もいじめを受けなかったのは、今思えば不思議な気がする。

中学生のときには、なにかにつけてみんなと同じにいかなくて、「協調性がない」と通信簿に書かれ、高校生のときには「なぜ」「どうして」「先生、ヘン」と言って、母親が呼び出しを喰らい、「当学院始まって以来の変わり者」と叱責されて、母はあわてて菓子折を届けた。そのときほど、母に失望したことはなかった。

高校を卒業すると、サラリーマンであった父親の転勤で東京から香川県に移り住み、そこの大学に入った。だが四十数年も前の時代、東京からやって来た私は、まるで「珍獣」だった。離れた距離から窺うような眼差しを向けられたり、後をつけられたり、反対に愛を告白されたりと、そのことが時には恐怖になった。その土地の言葉が私には理解できず、「東京弁」が周囲との距離をさらに大きくした。二重三重となった孤立感を越えることはできず、二年生の夏休みが終わると、私には大学に戻る勇気がもうなかった。

その後、家族とともに東京に戻ったが、私は行く先々で、会う人ごとに、初対面から「変わり者」のレッテルを貼られた。私はますます内部に充満していく思いをひそかに書き、それを隠し、いつしかそういうことに慣れていったのだろうか。そんな隠し事を抱えていることに、苦しみも卑屈さも感じなかったのだから。

「書いてごらん」

だが三十歳を過ぎて荘六に出会い、「この人になら、話してみよう」と思った。私は隠し続けてきた内心の思いを、人との距離感の違いを、夢中で訴えた。荘六から返ってきたのは「あなたは変わっている」という言葉ではなかった。きっと彼も「変わり者」だったからだろう。

「そう思っていることを堂々と、書いてごらん」と荘六は言った。

荘六はいっしょうけんめいに読んでくれた。

「これでいいんだよ。ここにあなたがいるんだよ。ほかの人とはちがう、かけがえのないあなたがいるんだ」と。その言葉はどんなにうれしかったかしれない。私は荘六によって「考えること」も「書くこと」も容認され、「私」を肯定されたのだ。それは背中に大きな翼をつけて無限の宇宙へと羽ばたいていくかのような、自由と喜びと自信を与えてくれた。誰に拒絶されても、荘六だけは聴いてくれる。読んでくれるのだ。この時から私には、荘六はなくてはならない人になった。

「書いてごらん」と、編集者である荘六は、さらに書く仕事を次々と与えてくれた。著名な作家の対談原稿をまとめたり、ゴーストの立場で人物評伝や文学論も書いた。それはおもしろい仕事だった。その原稿料で生活が十分に成り立った。「書く」ことを仕事にできるということが、私に生きがいと誇りを与え、未知への夢を大きく膨らませた。荘六と会えば、そんな仕事の話で夢中だった。

「書いてごらん」

荘六の言葉が、のちに私に本を書かせていくこととなった。私のペンによって荘六が「まな板の上の鯉」の身となって、「本」として世の中に出ていくことになっても、「思うことを堂々と、書いてごらん」と言うだけで、私に「制限」を加えたことはただの一度もなかった。誰が受け止めてくれなくても、荘六だけは受け止めてくれる。

誰が読んでくれなくても、荘六だけは読んでくれると思った。その信頼が裏切られたことはなかった。

堂々とね、書きなさい……。

だがその声は心なしか、私には「心配そう」にも聞こえた。「書いて、いいの？」と、私が本心を確かめるように聞くと、「あったりまえでしょ」と、払いのけた。「僕がなんて思うだろうかとか、誰がなんて言うだろうかとか、そんなことを心配するくらいなら書きなさんな」と言って、根底に確かな愛情があればなにを書いてもいいのだと、信じていると、言った。そんな荘六は私にとって、生涯の「絶対の読者」だったのだ。


荘六が逝ってそろそろ一年。「変わり者同士」で生きてきた私は片翼となったが、その不安定感を支えてきたものは、「私」とは、誰か――という、その原点に対峙し、自己確認していくために「書く」という、その行為であったと思う。

「自分の言葉」というものは、体験が血肉となって熟成し、こころの中から醸成されて生まれてくる。その確かな「自分の言葉」が迸《ほとばし》り出てきた時、「いかに生きるべきか」という問いに、「こうありたい」という明確な自分の答えを出すことができる。そのためには、五感を研ぎ澄ませ、自分の感性でさまざまな体験を貪欲に咀嚼《そしゃく》していかなければならない。振り返れば私は幾度となく、過酷な場面に立たされてきたかもしれないが、その体験を通して五感を磨き、選ぶべきものを選ぶことを、試され教えられてきたように思う。その牽引役《けんいんやく》をしたのが、良くも悪くも荘六だったかもしれない。

荘六は人見知りの激しい私を、誰彼かまわず、人に会わせた。躊躇《ちゅうちょ》していると「いっしょに行くまで待つ」といって、容赦しなかった。橋の下で暮らすホームレスの男性にも、お人よしのチンピラヤクザにも会わせた。家にもしょっちゅう人を招いた。中国人もスリランカ人もポーランド人もやってきた。子どももお年寄りも、猟師も板前さんも熟年ハワイアンバンドもやってきた。

「この世の中には、いろいろな人々が暮らしています。知り合えば助け合うようになります」と、荘六は言った。

そこまではいいが、そのたびに、お客をもてなすのに分不相応にお金がかかった。お金に無頓着なのは私も同じであったが、荘六は度を越していた。

「お金は回っているものです。誰かが自分のところで塞《せ》きとめてしまうから、お金に困る人ができてくる。たとえば、僕たちのように」と、言った。

そして足りなければ借金、ということに慣れてしまったろうか。おかげで、私までお金には苦労をさせられた。高利のサラ金にまで手を出さざるを得なくなり、返済に追い立てられる生活がずっと続いた。やくざまがいのサラ金からの取立てには、ほんとに困った。だが、荘六はサラ金を「おサラさん」と呼んで、呼び捨てにはしなかった。

「サラ金を軽蔑してはいけません。銀行がお金を貸さないから、高利であっても貸してくれるところに行くしかないんです。貸すほうが悪いんじゃない。返せないほうが悪い。たとえば、僕たちのように」と。

莫大な借金の結果、私は生死の境をさまようことにもなったが、その体験も私には必要な試練であったと思える。そして、痛みの記憶はずっとふかいところに沈んでいき、荘六と生きた楽しさと、彼から与えられたものの大きさに感謝の思いだけが湧いてくる。

自分のいのちがもうすぐ閉じることを、私は知っている。その瞬間まで、私は「こうありたい」という生き方を求め続け、「かけがえのない自分」として死んでいきたいと思う。

三人家族のHAPPY　LIFE

モクがわが家にやってきたのは、一九八八年一月の半ばのことだった。

激しい雨が窓を叩いていたその夜、荘六がぽつんと言った。

「僕は、あの仔がいたら、心が慰められそうな気がするんだ……」

あの仔――。その仔犬に出会ったのは、それより一カ月ほど前のことだった。

散歩から帰ってきた荘六が、「紹介」したい犬がいるからついて来いと言う。冷たい北風が吹いている。食事の支度をしている途中だし、洗濯機も回っている。犬などどうでもいいのにと私は一瞬ためらったが、渋々後についていった。

アパートを出てしばらく行くと、遠くのほうで毛糸玉のような仔犬が尻尾を振っていた。あれだと、荘六は指を指した。

我々が近づいていくと、毛糸玉はキャンキャンと甲高い声を上げ、耳を引いて尻尾をさらに激しく振って駆けてきた。仔犬は体調が三〇センチ足らずで、白と茶が混じり、目の周囲と鼻のあたりが黒く、その顔は一見して仔ダヌキのようだった。

「どうだ、かわいいだろう」

荘六は得意そうに胸を反らせた。

タヌキはすぐそこのお宅の飼い犬だった。

翌朝から私もタヌキに会うことが楽しみになった。そのうちに、ひとしきり遊んで帰ろうとすると、タヌキは尻尾を振っていつまでも後を追いかけてくるようになった。腕を伸ばしたら、その腕に跳びついてくる。数日後、我々はタヌキを抱いて家に連れてきた。タヌキは尻尾を振って部屋の中を走り回り、朝食のテーブルに向かってキャンキャンと声を上げ、干物をあげるとバリバリと音を立て、牛乳をあげると顔にハネを上げて飲み、こたつにもぐりこんだ。おとなしくなったのでそっとのぞいてみると、タヌキは四肢を伸ばして眠っていた。

荘六は毎朝のようにタヌキを家に連れてきた。だが来れば部屋は汚れるし、おまけに大小便までしていくし、その後始末をするのは私の仕事なのだ。私は次第にタヌキがうるさくて面倒になった。荘六はまた一人でタヌキに会いにいくようになった。

「あの仔、欲しいな。ね、あの仔、もらわない？」

荘六はとうとう言いだした。僕も面倒みるから、と。だが犬の世話はやっぱり楽じゃない。私はあいまいに荘六から視線を外した。

だが荘六はなおも「あの仔」を欲しがった。

荘六が「別人」のように変わってしまって以来、仕事は一気に挫折し、友人たちは皆、去っていった。荘六の不可解な言動は一向に回復していかず、軽くなったかと思えば振り出しに戻り、万策尽きてしまった。

「あの仔がいたら……」と。その寂しそうに震える声に私は勝てなかった。

あの仔がいたら……。

藁にも縋るようにして「あの仔」を求めたのは、私も同じだった。雨の中へ、二人で出ていった。飼い主が玄関から出てきた。タヌキの名前は「モク」だと教えてくれた。

「この仔、いただけませんか？」

そう言ってしまったのは、私のほうだった。

その夜、モクを中にして、文字通り「川」の字になって眠った。翌朝、玄関の表札の二人の名前に並べてモクの名前を書いた。モクを抱いてディスカウントショップに出掛け、長さ三〇センチのピンクの首輪を買った。首輪の絵文字はＨＡＰＰＹ　ＬＩＦＥ。その日から、三人家族の暮らしが始まった。

モクを連れての朝の散歩が、楽しい日課になった。

アパートを出て少し行くと、芝を敷きつめた湘南海岸公園が広がっている。この公園がモクの運動場だ。公園の入り口で綱を解いてやると、モクは一気に駆けだしていった。荘六が口笛を吹くと、くるりと振り返り、まっしぐらに戻ってくる。公園を出ると、国道を渡って海岸へ降りた。最初はモクは海を怖がり、波打ち際に連れていこうとすると、泣いて私たちの脚にしがみつく。波が高ければ海にお尻を向けて、家の方角へ綱を強く引っ張った。荘六がモクを抱き上げると、海に背を向けて荘六の肩にしがみついた。モクをしっかりと抱き上げたそのときの荘六の、潮風を受けた横顔が喜びにあふれていた。だがほかの犬たちは、砂浜を元気に走っているのだ。モクも慣れたらこわがらなくなるだろうと、毎日のように海岸に連れていくうちに、間もなく砂を蹴って駆けだしていった。

モクの泥肢で汚れた床を掃除して食事の支度を始めると、足元で何か気配がする。

モクがお座りをして私を見上げて尻尾を振っていた。魚を焼き始めるとキャンキャン吠える。私の右に回り左に回り、魚のほうへ鼻をぴくぴくさせて騒がしく吠える。焼きたての魚をあげると跳びつくが、魚の熱さにびっくりして跳び退《の》き、私に向かって怒ったように吠えた。魚の骨を取り除き、身を細かくほぐして息を吹いて冷ましてやると、待ち遠しくてたまらないといった様子で私の手元を見つめ、尻尾を振っている。器を置くと音を立てて平らげた。

　本には、健康で長生きしてほしかったら、ドッグフードだけを与えたほうがいいと書いてあるが、モクはドッグフードには見向きもしないで、テーブルのものを欲しがった。

「そりゃそうだよな。あんな乾燥したウンチみたいなもの、食えるかってなあ、モク」と、荘六も自分の皿のものをモクと分け合って大満足だ。

　魚のときは三人分の三尾を焼き、すき焼きのときにはモクにも牛肉を焼き、お寿司のときならワサビ抜きの一皿をモクに作った。

　私は何事も、荘六のことよりもモクのほうを優先させた。

「モクのことばっかし。いいなあ、モクは」

荘六の冗談混じりの声に、楽しさと、裏腹にかすかな寂しさものぞいていた。

モクがわが家に来た一月の末、「犬猫禁止」のアパートを引き払い、平塚から二駅先の二宮に一軒家を借りた。

トイレのしつけに日数がかかった。外出も、泣いて嫌がるモクを置いていくことがなかなかできなかった。綱でモクの自由を奪ってしまうことにも抵抗があった。綱を解き、ひとりで遊びに出掛けたモクが迷子になってしまうという事件も起きた。三日後にようやく見つかり、無事に戻ってきたモクを荘六と私は言葉もなく抱きしめた。

一歳を過ぎて「恋の季節」を迎えたモクに、去勢手術という結論を出すのに、ずいぶんと悩んだ。手術のその日、モクを動物病院に預け、「万全は期しますが、万が一、ということもありますので、覚悟しておいてください」という獣医の言葉に小さく頷いたが、私はあふれてくる涙で、家までどう帰ってきたのか思い出すこともできなかった。

モクは私たちの愛情に応えるかのようにして、自らやさしさを育んでいった。母からの苦情や借金返済の催促の電話で私が窮していれば跳んできて、クーンと心配そうに私を見上げた。また雪の積もった朝、学校帰りの少年が足を滑らせ今にも泣き出しそうな様子に、モクは雪に足をとられながら跳んでいき、少年の頬をなめていっしょうけんめい慰めた。モクの気持ちが届き、少年は笑顔になってモクの頭をなで、モクはキャンキャン尻尾を振って喜んだ。

モクのこうしたぬくもりは、荘六を確かに回復させていった。「別人」のようであった言動も消えていき、生き生きとしたエネルギーもやさしさも記憶の確かさも戻ってきた。

真夏の日差しの中で、一つのソフトクリームをモクと分け合い、荘六もモクも鼻の頭に同じようにアイスをつけ、モクのその様を指を指して笑う荘六に、モクが「おまえだって」と笑い返すように吠えた。その光景はまるで「無二の親友」だった。モクを中にしていれば、私たちはなにもかもが楽しかった。私たちにとってモクはまさに「掌中《しょうちゅう》の珠《たま》」だった。

だが、荘六の不可解な言動は「再発」し、多額の返済に追われる状況を繰り返し、一九八〇年の夏の日に噴き上がった炎の一瞬が、私の記憶から一挙に湧き上がった。荘六を詰《なじ》る私の嵐は私自身で制御できなかった。モクは私に跳びついて嚙みつくようにして吠えた。だが繰り返される騒ぎに、はじまればモクはもう吠えることもしないで部屋の隅に蹲《うずくま》り、騒ぎが鎮まっても水も食事も拒否して目を閉じていた。二人の口から「出ていく！」「出ていけ！」が飛び出せば、玄関に跳んでいき、ドアに体を硬く摺り寄せ、出ていこうとする私を通せんぼした。そのさびしそうな必死の姿に、荘六も私も勝てなかった。

「ごめんね。もう、ケンカしないよ。仲直りするよ」

半信半疑で二人を見上げる顔に、「ほんとだよ。もう、ケンカ、しないよ」と荘六も言えば、尻尾はゆら、ゆら、と動き出し、安心するとキャンキャンと甲高い声で喜んで、部屋の中を駆け回った。

「モクには、負けたね」

荘六と私は、いつも同じ言葉が出た。

一九九八年、荘六が七十歳になって間もなくの冬の終わりの頃、深夜に入浴していた荘六が湯船で意識を失い、救急車で病院に運ばれた。

一週間あまりの検査入院となったが、モクには、救急隊員の屈強な男たちに「連れ去られた」荘六がそのまま帰ってこないことが理解できない。朝の散歩に出て、荘六と年恰好が同じような男性が遠くからやってくれば、じっと立ち止まって、その人が近づいてくるのを尻尾をゆらゆらさせながら待っている。だが近づいてきたその人は「荘六」ではなかった。もしやと思ってか、モクは散歩の帰りは綱をぐんぐん引っ張って急ぎ、私が玄関の鍵を開けるのも待ち遠しそうに部屋に跳び込んでいく。だけど部屋のなかにも荘六はいない。モクは私を見上げてクーンと哀しそうに泣いた。

荘六が入院したこと、間もなく帰ってくるから心配ないことを繰り返し話してやるが、モクには理解できない。モクは玄関に続くドアのところでお座りして、荘六を待つこととなった。まるで「忠犬ハチ公」さながら、食事にも目もくれずに、夜になれば玄関に向いたまま四肢を折って眠った。

数日後、病院まで四、五十分の道をモクを連れていくと、病院の玄関で出迎えた荘六のところに一目散に走っていく姿に、振り返る人々の眼差しがあたたかかった。

モクの死まで

二〇〇一年。

四月。モクは散歩の途中で倒れ込むようにして脚を止め、いかにも苦しそうにその場にしゃがみ込んでしまった。

心電図の結果は最悪だった。

「もう末期の段階です。覚悟しておいてください」

獣医の言葉に涙があふれた。祈る思いで高さ五〇センチほどの鯉のぼりを立ててあげた。鯉は五月の光の中を、風に乗って泳いだ。

六月。モクの腹は大きくふくれ、脚はまるで白熊のように太くむくんでいる。モクは脚を踏ん張って立ちあがろうとするが、腹の重みで倒れてしまう。知人の車でモクを病院に運んだ。

診察台に乗せると、モクは怖がって私にしがみつく。モクを処置室のベッドに移した。モクの腹に畳針ほどの針が刺さった。針を抜くとプラスチックの細い管が腹に残り、その先端から血液の混じった水が小さな弧を描いて噴き出していった。一時間を過ぎて、腹から噴き出す弧の大きさが少しずつ小さくなっていく。それはやがて滴《しずく》となり、間隔がゆっくりと間遠になって、止まった。腹の水を抜く処置を終えると、モクの体重は十六キロから十一キロに減少していた。つまり体重の三分の一にあたる五キロもの水が、腹にたまっていたのだ。この夏は越せないかもしれないと、獣医は言った。

水を抜いて心臓への負担も軽くなったのだろう。病院から帰ってきたモクは、焼いた肉を旺盛に平らげた。

七月。おしっこが思うように出なくなった。

八月。膀胱炎を起こす。

九月。モクの足が温かい。ワンワンの声も元気だ。「すごいわねえ。モクちゃん、この暑い夏をよく越せましたね」と、獣医もびっくりしている。

十月。再度、腹の水を抜く。

十二月。十六キロの体重が水を抜いたら十キロになった。背中も胸もやせて骨でごつごつしている。抱いたら私は涙があふれた。

二〇〇二年。

一月。モクも新年を迎えることができた。「お正月を迎えられましたね。よかったわ」と、獣医がいっしょに喜んでくれる。

二月。心配でモクから目が離せない。生みたて卵に鰹節をかけてあげたら、夢中で食べたのでほっとしたが、今度は苦しそうに胆汁《たんじゅう》を大量に吐いてしまった。

尿意や便意を催すと、玄関に敷いたトイレ代わりのシートのところまで行こうとして、目を浮かせて必死に立ち上がろうとする。だが、フローリングの床に足がすべって立ち上がれず、その場でおしっこをしてしまう。つらいのだろう。泣いている。下痢をすれば、便の中で崩れてしまう。もう、シャワールームに運ぶことも無理になった。一時間かかってきれいにして、新しいシートに替えてあげると、やっと落ち着いた。顔にもむくみがきている。

仕事を脇に置いて、モクを病院に運んだ。私の腕の中でぐったりしている。水を抜くが、もう十分には抜けない。おなかが紫色になっている。血液が凝固しなくなっているとのこと。昏々と眠るばかりだ。あんまり静かなので、死んでいるのではないかと思って顔をのぞいたら、大きな目で私を見ている。おしっこの始末も便の始末も大分手際よくなった。

生きていることは苦しいだけなのか。せめて、願うことは苦しまないことだ。

三月。鶏肉をボイルしてあげると、久しぶりにおいしそうに食べた。

甲高い声で何度も泣く。

おしっこをしたくなるたびに、泣いて教えるようになった。

肉をボイルしたスープと牛乳一五〇ccをスポイトで飲ませると、食らいつくようにして飲んだ。モクは生きようとしているのだ。

しきりと泣く。痛いのか。寂しいのか。前肢を握って添い寝をしてあげる。

卵黄におかかをかけてあげる。キューとかなしそうに泣く。肢も冷たい。

朦朧《もうろう》としている。牛乳とスープを少し飲む。下痢。おとなしく始末してもらっている。

牛乳に薬を溶いて飲ませる。口元にスポイトを持っていき、声をかけるとやっと口を開く。生命力がなくなった。

呼吸は一分間で二十回。痰がひっかかっているような呼吸。目を開き、苦しそうに全身で息をしている。けんめいになって呼吸している。前肢があたたかい。ヒーヒーと泣く。私の頬を押し当てても反応しない。卵黄を食べさせたが、途中で眠ってしまった。

牛乳を二〇〇cc飲んだ。肉のスープも飲んでくれた。

泣く。何度も泣く。深夜十二時、不安になって獣医の自宅に電話をした。

「苦しみが大きければ大きいほど、思いも深くなります。神様は耐えられない痛みは与えません。耐えられなくなったときには、いのちは終わります。最期まで受け止めてあげてください」との獣医の言葉で、気持ちが少し落ち着いた。

モクは、ひと晩中、朝まで泣き続けた。目を開けたまま、泣き続けた。添い寝をしてあげた。

三月二十二日。

午前〇時。モクはまた泣き出す。薬で眠るが、目を覚ましてはまた泣く。背中をさすってあげた。

夕方五時。モクはもう、終わる。胸に抱き寄せた。下顎呼吸が断続的に三回。そして呼吸は止まった。

病院に電話をした。

動物霊園、長楽寺に連絡した。

荘六は、棒立ちになったまま、涙をあふれさせた。

モクのいなくなった空間を埋めるものが見つからなかった。

モクは、もう、いない。

モクを喪ったその時から、荘六には「介護」を要する日々への序奏が始まっていった。六年後には全介護となったが、その時、モクの最期を全介護した一年間が「体験済」という力になってくれたのか、身体介護への拒絶感は一度もなかった。

愛したと、言えるだろうか

私は、荘六を愛したと、言えるだろうか。

荘六が死んでからずっと、この問いが、私の胸の奥から風の音のように聞こえていた。やむを得ずとはいえ、結局はなにごとにおいても、荘六自身のことよりも自分の都合を優先させてきたことが、悔いとなっている。

「リハビリ室は、僕の宝石箱」

荘六が子どものように言った言葉が忘れられない。

徒歩数分のところにある総合病院のリハビリ室に毎朝通うのが、荘六の日課だった。脊柱管狭窄症《せきちゅうかんきょうさくしょう》の痛みと歩行困難がさらに進んでいた。医師は今に歩けなくなると予測した。その症状を少しでも緩和させようと通いだしたリハビリであった。リハビリ程度でよくなるわけでもなし、と高を括っていたが、三年あまり通っているうちに、そこは「僕の宝石箱」になっていったのだ。

たまたま仕事の都合で名古屋で暮らすようになってから数年経っていた。それまでのほとんどを東京の文化圏で暮らし、仕事をしてきた私たちにとって、名古屋には「よその土地」というどこかなじめない思いがあり、仕事で人と関わっても、その関係が友人にまで発展していくことはなかった。荘六の身内は大阪にいたし、私たちには子どもがいないし、荘六も私ももともと仕事以外にこれといった趣味もない。

その荘六に「友だち」ができたのだ。

リハビリ室には同年代の人たちが常連でやってくる。みんな「よくなるわけではない」ことを知っていて、それでもいつものリハビリ室に行けば顔なじみの友だちに会える。わいわい冗談言って、帰りに友だち同士で病院の前の喫茶店でひと休みして……。

「楽しいよ」

荘六の無邪気な笑顔が私もうれしかった。

モクが死んだ翌朝、いつものようにリハビリに出かけ、友だちに会ったら涙があふれ、みんなにやさしく労《いたわ》られ、リハビリの順番を「一番」にしてくれた。帰ってきてそう私に報告し、荘六は声を詰まらせた。

だがその翌年、私の仕事の都合でやむを得ず住まいを移し、「宝石箱」から遠くなった。モクが死んで、その寂しさがまだ消えていないのに、今度は「宝石箱」から遠ざかってしまったのだ。私の不安は大きかった。

さらにモクが逝った後、私は執筆の仕事で常に締め切りに追われ、日中はほとんど毎日のように取材に出かけていた。

「毎日ひとりは、さびしいよ」

遠慮がちに呟いた荘六の言葉が私の胸を塞いだが、仕事を優先せざるを得ない。「でも、だあいじょうぶさ」と、私の心配を払うように言った荘六の言葉を、とりあえずは真《ま》に受けておきたかった。

新しい住まいの近くで「宝石箱」に替わるところを探した。荘六は四輪の電動車椅子を運転し、私が徒歩で付き添って、あっちこっちと行ってみた。だがあっちもこっちも、どこかなにか、「ちょっと、違う」。それならと、仕事のやりくりをして、週一回でもと、以前の「宝石箱」にまた通うことにした。そこまで電動車椅子で片道五十分。途中、喫茶店でモーニングの食事をしていくことも荘六には楽しみになった。

だがたまにしか来なくなった荘六は、みんなから「疎遠」になっていった。

――みんな、冷たい。

荘六が書いたノートのこの一行は、寂しそうに文字まで震えていた。荘六は悔しそうに「もう、行かない！」と言った。この出来事は、病状に拍車をかけたろう。もともと弱みを見せられない荘六は、寂しさを怒りに替えて、自ら突き進んでいくかのように一気に重介護状態へと落ちていった。

もしも、荘六の「宝石箱」を、私が奪わなかったら……。

私は、荘六を愛したと、言えるだろうか。支えることをしてきたと、言えるのだろうか。

荘六の仕事の不始末には、荘六が自分でやろうとするのを抑えて、迷惑をかけた相手先に私が頭を下げて走り回ってきた。傍目には、私が荘六を支えているように見えたかもしれない。だが私は、彼の苦しい状態に耐えられなかったから、自分のその苦しみから逃げるようにして、彼を「庇った」だけのことだ。「大丈夫。みんな済ませたから」と報告すると、「すまないね」と、荘六はまずはほっとした様子であったが、私のしたことは、本当は、失敗を力に替えていく機会を奪ったに過ぎなかったのだ。

愛するということ、支えるということ、それは身代わりになることではない。苦しみを共にし、苦しみを共に越えていくことだ。そしてそれを新たな力にして、共に自分を作り変えていくということだ。できなかったことが、努力をして力を貸してもらって、できるようになったとき、その喜びはどれほど大きいものであるか、私は知っている。

かつて私は、母の大きな庇護のなかで育てられ、大人の年齢になっても料理も掃除洗濯も買い物も、「お母さんがやってあげる」のひとことで済ませていたから、そうしたことはひとりでは何もできなかった。母の溺愛《できあい》は時には心地よかった。だが、「自分でやりたい」という欲求を抑えることができなかった。私のその欲求は母の怒りを買い、私が母の腕を力任せに振り払った時、母は言葉を失って青ざめた。私には母の寂しさが胸に刺さり、ひとりで声を上げて泣いた。それでも私は母の懐から出ていきたかった。そうして母から長い時間と遠い距離を置き、再び母に会ったとき、母は「私、人間は嫌い！　だって、裏切るもの」と、寂しさと怒りを私にぶつけるように言ったが、母もすでに私の入り込む余地のない自分の城を築いて、つがいの文鳥と暮らしていた。

愛する人の苦しみは、自分自身の苦しみよりはるかに重い。身代わりになることができたら、その苦しみから逃れることができる。だが、生きている限り、困難は続くのだ。生きるということは困難を克服していくことにほかならない。その困難を乗り越えた時、苦しみは確かな喜びに変わる。そのことを私は自分自身で体験して学んできた。母の溺愛を振り払ったがために母と断絶した年月は、今も苦しい思い出として残っているが、だがその痛みを越えて、母も私も「自立」していくことができたのだ。

愛するということ、支え合うということ、それは共に苦しみ、共に苦しみを喜びに変えていくことだ。

荘六への愛は、ほんとうは、私自身を愛したに過ぎない「自己愛」ではなかったか。

荘六が逝ってもうすぐ一年。秋の終わりの小さな風が深夜の窓をなでていく。私は、荘六を愛したと、言えるだろうか……。夜の風がまたそう問いかける。

荘六が何かの本から切り取った言葉が、ひとつの額に入った二人の写真を見上げている。

「同じ感動を共感する相手が黙ってそばにいてくれれば」

この言葉が、私の胸に交互に痛みと慰めとなって吹き寄せ、だがそれは時の経過のなかでゆっくりと鎮まっていった。

深淵

二〇〇八年十二月。荘六は何も言わずに逝った。

それからの日々、ひとりの空洞感を、時が雫《しずく》のように埋めていき、危ういながらもひとり暮らしの毎日になんとか慣れていった。だが心の隙間から、二度と会うことのできない寂しさが涙になってこぼれてくることもある。

人と人は、互いを隔てた底なしの深淵を飛び越えることはできない。荘六と私も互いの場所へ届くことは、ほんとうにはできなかったのだ。

だが、ふっと、あたたかな思い出がその深淵に橋をかけてくれるときがある。

荘六の母親にはじめて会ったのは、私の体がどうにか並みの生活ができるまでに回復した頃のことだった。

奈良の生駒山《いこまやま》の麓《ふもと》に暮らす義母は入院中の身であったが、私たちの訪問に、外泊許可をもらって自宅に招いてくれた。生まれてはじめての「姑《しゅうとめ》」に私はひどく緊張したが、初対面でその緊張から解かれ、晩秋の寒さが始まっていた夜に店からとってくれたお寿司は、今も「絶品の味」となって舌に残っている。たったひと晩のことであったが、何日も義母といたような、それはあたたかな時間であった。その後、義母は何度も電話をかけてきては私の安否を問い、不自由があればいつでも言ってくるようにと気遣ってくれた。

一九八三年一月、義母は出版されたばかりの私の処女作『生きてみたい、もう一度』を読み、「あなたにはつらい思いをさせました」と、電話から途切れ途切れの涙声を私に伝え、その同じ月、「荘六を頼みますね」の言葉を最後に、出会ってから三カ月も経たずに他界した。

義母のこんな些細な思い出が、二人の壊れそうな日々をあたためため、荘六への愛を確かなものへと導いてくれたような気がする。「荘六を頼みますね」の義母の声がいつも聞こえていた。だからどんなことがあっても、荘六から離れていくことはできなかった。受け止め方は二人とも、「しっかりと」とはいかず、時には「素直に」ともいかず、本心とは裏腹な言動をぶつけ合うこともあった。それでも、いっしょに暮らす日々の重なりがいつか、互いを慈しむ心へと育てていったのだと思う。そして、たとえどちらかがどちらかに「不都合」や「重荷」を感じさせるときがあっても、互いに「捨てる」ことはできなかったのだ。

求めればこそ、越えることのできない深淵のふかさに絶望した。だが深淵を感じたのは、「愛」のはじまりだった。深淵が、互いに相手への「想像力」を育ててくれた。絶対に一つになることはできない深淵のふかさが、互いを「謙虚」にさせた。深淵が、無条件で受け止め合えた時の喜びを教えてくれたのだ。

今振り返れば、お互いにお互いを求め続けた二人は、「介護」を仲立ちにして、一瞬でも、深淵を跳び越えることができたような気がする。

いのちの真相

いのちは一人ひとり、かけがえのないメッセージを残していく。生きるとは、他者との関係のなかで耕されてきた「自分」のメッセージを伝えていくことだ。生きるとは、「その人」のメッセージに気づくことだ。死ぬ瞬間、それはメッセージの引継ぎの時、バトンタッチの瞬間だ。

どのいのちの時間も、いつかは終わる。だが、人の生きたすべての様は、いのちの時間を超えて残されていく。いのちあるものは、死んでも、その姿や言葉が残され、それが他者に「いかに生きるべきか」を考えさせる。死んでも「ちゃら」にはならない。そのことは「恐怖」でもあるが、死に、永遠の「希望」を与えてくれる。

人は生きてきたように死ぬ、と言われるが、死ぬ瞬間まで、生きてきた様を変えることができるのだ。たとえ人生のほとんどが失敗の連続であったとしても、最期の一瞬にひと粒でも、あたたかな何かを人に与えることができたら、そのぬくもりは、失敗のすべてさえをもなつかしい思い出にしてくれるだろう。そのことを観念としてではなく、私は何人もの人の死から感じている。そして、立派な生き方をして立派な死に方をした人よりも、失敗の人生だった彼らに、いかにも人間らしさを感じて親しみを持ってしまう。生きているときには「優劣」が「幸不幸」を分けることもあるが、死んだらみんな平等に愛されるべき存在になるのかもしれない。

毎晩のように夢にモクと荘六が現れる。夢から覚めて二人に会えた楽しさが、私の孤独を消している。

いのちとは、生きているときは「肉体」と「魂」がひとつになっているが、死んだら亡骸《なきがら》は単なる「物体」となり、生きていたときの肉体は「確かな魂」を包む透明な衣装となって、幻想のなかで生き続けていく。それはモクと荘六、それぞれを「生」から「死」へと送った私の実感である。

モクを抱きしめた胸で、荘六に縋りついた胸で、肉体と魂が分離した瞬間の感覚を覚えている。三回の下顎呼吸の終わりが「死」であった。その瞬間、モクの肉体はまるでぬいぐるみの綿が抜けた「空っぽ」になってしまった感じ、荘六の肉体は「石」になってしまった感じであった。その肉体は単なる「モノ」でしかなかった。だから棺の中に眠る荘六に、私は何も感じなかった。茶毘《だび》に付された、全身の形を留めたまだ熱い真っ白な骨を見たときにも、なんの感慨も湧いてはこなかった。

モクが死んで後、荘六と二人でモクの眠る動物霊園を訪れたとき、荘六は言った。「モクはここにはいないね」と。そして雲行きがあやしい空を仰いで、「さ、早く帰ろう。モクが待っている」と言った。それは私にとっても「実感」であったが、荘六にも骸《むくろ》は、「モノ」以外のなにものでもなかったのだと思う。

ひとりの小さな部屋の壁に、モクと荘六の写真が十二枚。二人の姿が、私の目の中より先に胸に飛び込んでくる。そのひとつひとつの姿から、「あの日」「あの時」が部屋いっぱいをスクリーンにして始まっていく。水面《みなも》を舞っていた光のまぶしさ。三人でいっしょに駆け、目を細めて受けた風の心地よさ。手作りのお弁当を広げた山の頂。心配なことも不安なことも忘れた、あの時間。その、三人で暮らした十四年。それがかけがえのない「宝もの」となって、私の心をあたためている。

第3章　託す

この一瞬のために

七月半ばに「癌」を宣告され、進行は「年単位」という医師の予測を尻目に、猛スピードで死に向かっているような気がする。潰《つい》えるまで、おそらく二カ月か三カ月——なのか。それまでにやっておかなければならないことで結構忙しい。買い物ひとつにしても、生きているであろう日数を計算しながら、無駄になるようなことはすまいと思う。「上手に」いかなくても、「丁寧に」したいと思う。確かな時間は「今、一瞬」。お金も時間も心の使い方も、無駄にしたり粗末にしたりすまいと思う。

——おい、お前は死ぬんだよ。どうでもいいではないか。そんなことに、労力を使うなよ。そんなものに、お金を使うなよ。

「癌」を宣告されて以来、何かにつけてそんな自分の声が聞こえるようになった。それもそうだと思い、出した手を引っ込めては、でもまだ生きているんだからと「そんなこと」に労力を使い、「そんなもの」にお金を使って、結構楽しんでもきた。だがもうそんな余裕もない。と思うそばから、「そんなこと」「そんなもの」に手を出し、死ぬことを忘れてしまう。

一通の手紙を書くのにも、便箋や封筒を選び、縦書きにしようか横書きにしようかと、楽しんで迷っている。書いては読み直し、用件や私の気持ちが間違いなく伝わるだろうかと、また書き直す。切手はどんなデザインのものがいいか。曲がらないように慎重に慎重に貼る。郵便列車に揺られ、郵便配達のバイクに乗って、「その人」のポストに届く。あさってには着くかな。休日をはさんでいるから、もう少しかかるかな。まさか届かないってことはないだろうな。届くまでを楽しみにしたり、やきもきしたり。読んで考えて、返信を書いてくれるまでさらに何日かかるかと、いっしょうけんめいに待っている。

毎日、日に何回も、メールの受信ボックスを開いてメッセージが届いているかどうかを確認している。安否を問う友からのあたたかなメールに、私はひとりではないのだからしっかりしようと、自分を励ました。その友に近況を伝え、末尾に「ありがとうございました」を添えたら、気弱になっていた気持ちがしゃんとした。おいしいものを見つけたら、それが好物の友の顔が浮かんだ。早速、心をこめてていねいに梱包して発送した。荷物は夜を駆け抜け高速道路をひた走って、翌日には届くはず。荷物を開いて、どんな顔するだろう。喜んでくれるかな。返信が来るまで、いろんなことに心を馳せる幾日かが楽しい。今、生きていることに喜びを感じるくらいに楽しい。

人の振り見てわが身を振り返る。修正するにはもう遅いことに気づき、自分に寛容になったかもしれない。

誰に見られるわけでもないのに、美しくありたいという願いが、今もある。今さらと思いながらも効果を期待して高価な美容液を買い求め、鏡に向かって化粧をし、白髪を染め、年老いた自分の顔にがっかりしても、往生際《おうじょうぎわ》悪く、「年相応」を受け入れられない。

――おい、お前は死ぬんだよ。意味ないことはやめろよな。

誰のためでもないのに、おいしいものを料理してみたいという欲求が、今もある。テレビの料理番組を見ていたら、まねしたくなった。本も原稿もそっちのけでスーパーに出かけ、おいしくできることを願って台所に立った。料理の後の面倒な始末もさして厭《いと》わず、目先を変え、品を変え、カロリーの計算もして、ひとりで満足している。失敗したら、今度はああしてみようかこうしてみようかと次のことを考えている。「死」はいつ突然にやってくるかわからない。すぐそこに待っているはずの時間も、突然「無」になってしまうかわからない。三十年間そう思いながら生きてきた。だが今一瞬でも私は生きているのだから、生きようと思って生きてきた。

今、一瞬という、生きる時間は、今もあるのだ。その時間を、「死」に邪魔をされずに、精一杯に生きていたい。

新しい本を買う。学んだことをノートする。それをファイルに綴じて、また「成長した」と満足している。徹夜して仕事を予定通りに完成させ、爽快な気分を味わっている。使い勝手を考えて室内の物の配置をあちらへこちらへと動かし、せっせと掃除も怠らない。たまにはおしゃれもして出かけていく。人に会ってお酒も楽しんでいる。

——おい、お前は死ぬんだよ。死ぬんだよ、お前は。

その声はやっぱり聞こえる。それでも、今、私は生きている。たとえ「明日」が来なくても、今、この一瞬が、私にもある。その、今、一瞬のために、私は、生きていたい。

支え合うということ

癌の宣告を受けて以来、何かにつけて人からやさしい言葉をかけられたり、労《いたわ》られたりすることが多くなった。「体調は、どうですか?」「どうしていますか?」「困っていることがあったら、いつでも声をかけてくださいよ」――と。「医者の言うことなんて、あてになりませんよ。余命何年、何カ月と言われたって、もっともっとそれ以上生きている人、たくさんいますからね。そう簡単には死にませんよ。案外に十年二十年三十年と生きるかもしれませんよ、わっはっは」と言われ、励まされているのか、からかわれているのかわからなくなることもある。電話が来て、「もしもし」と、おそるおそる気遣うような声の主に、先手を打って「生きています」と返したら、その声から寛《くつろ》いだ笑顔が伝わってきた。

人々からのそんな支えが、私を孤独や不安から救っている。すっかり顔なじみとなった「にんじん薬局」もその一つだ。

にんじん薬局は「生涯、現役」を掲げ、未病（病に至らないこと）に力を注いでいる。店長の岡崎幸宏さんは、「病院は病気になった人を治療するところだが、我々は病気を未然に防ぐためにサポートできる役割を担っていきたい」と言う。

一見、どこにでもある薬局だが、この店にはお客からの相談事が多い。店を訪ねて訊きにくる人。電話で助言を求める人。メールで相談内容を送ってくる人。岡崎さんは、一人ひとりに、正確に答えを返していく。症状の原因を探り、対処の方法をいくつも提示し、相談者が理解できる言葉で、共感と励ましの言葉を添えて。メールを返信するのに深夜の三時近くまでかかることもある。

「苦だったらやれません。お客さんの相談に応じるのは、まず、自分自身の勉強になります」と、岡崎さんは言う。

年末と新年の五日間以外は、年中無休。日曜と祝日以外は朝十時から夜十時まで営業している。雇用状況の厳しい昨今、夜遅くに仕事帰りのお客が風邪薬などを求めてくる。大方の店がシャッターを下ろした通りにぽつんと光る店の明り。「店が開いていて助かった、と言ってくれます。お役に立てることは、やっぱりうれしいですね」と、岡崎さんの声がやさしい。

私もたびたび、相談事を持ちかけるようになった。店が開いている時間帯であれば、店に行くなり電話をかけるなりして相談することができるが、「心配事」というのは、なぜか深夜に起きてくることが多い。メールなら迷惑をかけないだろうからと、つい綿々と訴えてしまうこともある。

「近頃問題になっているトランス型脂肪酸て、なんですか？　マーガリンもだめ？マヨネーズも、サラダ油も？　今あるもの、捨てたほうがいい？」とメールで質問すれば、トランス型脂肪酸の概略の説明をしてから、「あんまり考え過ぎると、食べるものがなくなってしまいます。積極的には食べないほうがいいとお考えください。捨てる必要はありません。たくさん食べなければ問題ありません」と、その夜のうちに答えを返してくれる。

毎日八時間以上ものデスクワークが続き、血行不良となって足の痙攣《けいれん》や筋肉痛がひどくて眠れなくなった。困って深夜にメールを送った。「足が繰り返しつって、薬を飲んでも治りません。どうしたらいいですか？」「血流を改善させるのには、マッサージと保温が有効です。ふくらはぎを下から上へこするようにしてマッサージしてみてください。足湯も効果があります。ミネラルバランスの崩れが原因していることもあります」「ありがとうございました。おかげで少しよくなってきました。助かりました」「よかったですね。血流の促進には葛根湯《かっこんとう》も有効ですが、筋肉の痙攣にはお手持ちの芍薬甘草湯《しゃくやくかんぞうとう》がベストです。どうぞ、お大事に」

介護認定を受けていれば、相談に応じてくれる先はある。だが介護認定を受けるには至らないが、高齢や病気のために不安や心配事を抱えているような場合、相談できるところがない。ホームドクターがあるといっても、診療時間内での相談に限られる。同居家族もいない、ひとり暮らしの異変は、深夜ともなれば不安が膨らんでしまう。私もそのひとりだ。

にんじん薬局は、顧客の了解のもとに「カルテ」を作成して健康状態を把握し、相談に応じるなどの工夫を試みている。それによって、顧客の訴えがどういう原因から起きているかがある程度わかり、より詳しく症状を聞きながらアドバイスができるという。食べ物や水分摂取のアドバイスをしたり、美容に関する相談にも応じる。

「サプリメントや高価な美白商品を使っても、効果がないというのは、紫外線対策がしっかりできていないためかもしれません。ほんの数時間紫外線に当たっただけでもしみは濃くなります。まず、日焼け止めや日傘などで紫外線対策をしっかり行ってください」

医師ではないから診断はできないが、ひとり暮らしにとっては、日常的に相談できる先があるというのは心強い。わからないことはインターネットで手軽に調べることもできるが、医学の基礎知識がないと簡単には理解できないことも多い。だが、「訊いて答えて」というやりとりができれば理解しやすく、それを重ねていくうちに、健康に関する日常的な知識が身についてくる。私にとって、にんじん薬局の存在は、「もう一つの家族」の役割をしてくれている。

「役に立てることがうれしい」という、彼らを突き動かしているものは、生来の「やさしさ」だ。人と人とが「やさしさ」をかすがいにして繋がり、支え合う関係を作っていく。やさしさは人間が天から分け与えられた、すべての原動力だ。支え合えた時の喜びは大きい。だが支え合えなかったときでも、その失敗を、次の方法を見つける手がかりにすることができるはずだ。

相手の思いに自分を重ねることができれば、そこから支え合いが始まっていく。

ひとりのお客がにんじん薬局のレジで、スタッフに不調を訴えていた。レジを待つ人たちが買い物の品を抱えたまま、そのお客の話に身を乗り出して自分のことのように聞いている。長話の末に、なんとか改善策が見つかった。「お大事に！」と、店を出ていくそのお客の背にスタッフが声を投げる。「ありがとう!」と、お客が振り返っていく。「よかったね」と他のお客たちの笑顔がさわやかだった。

十二歳の少女の感想文

十月。陽の射す朝の風は、もうすぐそこに冬が来ていることを知らせるかのように冷たい。

小さな喫茶店で、私はテーブルを挟んで十二歳の少女と向かい合っていた。

彼女は「岡崎明日香さん」。にんじん薬局の店長、岡崎幸宏さんの長女である。

彼女ははにかみながら、ぽつんぽつんと言葉をつなぎ、「お医者さんになりたい」という夢を語ってくれた。「書くこと」が好きとも言う。

「その夢、書いてごらん」

「はい」

恥ずかしそうに、それでも彼女はしっかりと頷いた。

子どもたちは夏休みという八月のある日のことだった。

にんじん薬局に買い物に訪れた私は、店長の岡崎さんから、娘が夏休みの宿題に書いたのでと、私の二十六年前の処女出版、『生きてみたい、もう一度』の読書感想文を渡された。


……作者は生きる、死ぬという本当の意味を知っている人だと思えました。死に直面し、生きる素晴らしさを知り、どんなに苦しくても痛くても生きたいと思い続けて、（私は）生死について深く考えてしまいました。

本を読んで、とてもよく杉原美津子さんの気持ちが伝わってきました。手術の時の痛みや、何回も繰り返される手術、病室にいるときの周りの静けさ、一人ぼっちでいる孤独さ、耳に聞こえてくるいろいろな音や形、いろいろな物に触れて感じてみたい気持ち、自分の手で自分の口で自分の歯で、食事をしたい気持ち、そして、放火事件の犯人の丸山博文への同情の気持ちが伝わってきました。

私は昔から、医者（人を救う仕事）になって、できるだけたくさんの人々を救いたいと思っていました。募金だけでもいい。誰かを自分の力で救ってあげたい。

そして今日この本と出会って思えたこと。

この本に出会って、自分を信じて、相手の気持ちになって、相手を思いやりながら生きれるような、本当に優しい人になりたいと思いました。ここまで人生について考えさせられてしまうこの本に出会えたことが、私にとってすごく意味のあることであって、私の今のこの気持ちをしっかりと大切に忘れずにもっておこうと思いました。


かつて私も「少女」であったとき、生きていくことにきらきらした夢をいっぱいに描き、裏腹に大人になっていくことへの漠たる不安に怯え、生きていく方角を必死に求めてもがいた日々があったことを思い出す。そして人生という大海原に、命がけの思いで飛び込んで、生きることの意味を探していったのだ。未知への漠たる期待よりも、未知への漠たる恐怖のほうがはるかに大きかった。それでも生きていきたいと思った。

原稿用紙のひと枡ひと枡にいっしょうけんめいに綴った彼女の筆の跡から、未来に向かって巣立っていこうとする彼女の姿が、私と同じように、期待と不安を抱きながら紺碧《こんぺき》の海へ飛び込んでいくように思えた。

生きる方角を求めてもがく日々。それは死を前にした今も続いている。そんな私に届いた、少女からの一通の「読書感想文」であった。


この本に出会えたこと、杉原美津子さんと私のお父さんが出会えたこと、とても感謝しています。

この本を読んだ皆が、生きること、死ぬこと、人の支えがあること、人は皆、生きていれば辛いこと、いろんな想いを感じてほしいと思いました。


そう結んだこの文章を書くのに、彼女はどれほどの思いと時間を費やしたことだろう。机に向かって綴る彼女の姿を想像し、二十九年も前の自分の体験が彼女に生きる方角を見つけるささやかな契機になったことに、自分のいのちにまだ残されている可能性を教えてもらったような気がした。

明日香さんに会ってみたい、という私の希望は叶えられた。

そして十日あまり後、明日香さんは約束した原稿を速達で送ってきた。

医者になりたい――。小学校五、六年生の頃からそう思ってきました。テレビで見た番組がそのきっかけでした。

貧しい子どもたちが服をぼろぼろにした姿でカメラの前で笑って走っていました。どんなに貧しくても「つらい」なんて気持ちを言葉にしようとはしない。ただみんなで笑ってカメラのほうに走ってくる姿。この映像が、その日以来、頭から離れなくなり、医学に興味を持つきっかけになりました。

またこんなテレビも観ました。

自分の娘のため、息子のために、その親が必死になって募金をする姿。自分のいちばん大切なものを助けるために頑張っている姿に、自分もその場に行って助けてあげたい気持ちになりました。

こういうようなテレビを、ほかにもよく見かけました。

お母さんのおなかにいる赤ちゃんが元気かどうか、順調に成長しているだろうか、何か問題はないだろうかと、お母さんは心配でたまらない。「元気に育っていますよ」と医者に声をかけられたとき、お母さんがうれしそうな、やさしそうな笑顔を浮かべた、あの瞬間。家族みんなが幸せになれる時間。赤ちゃんに小指を強く握られた時の、心から温かくなる表情。こっちまで気持ちが温かくなってきました。

この頃から、私は生命について深く考えるようになりました。

私は十二歳。生命について考えるなんて少し早すぎる？　と思ったりもしていますが、医学に興味を示していくばかりです。

ただ、私には苦手なものがあります。

それは……、血。血を見るたびに腰が抜けてしまいます。

メスで腹部を切るときの、テレビの映像。切った時に大量に出てくる血。今こうして書いているだけでも力が抜けて書きにくくなってしまうくらいです。

そんな私が、医者になれるだろうか……。不安になりました。

そうしたら、ある人が何度もこう言ってくれました。

「大丈夫。血なんて、絶対に、慣れる!!」と。

この言葉を信じて、医者になる夢を、やっぱり追いかけていきます。

私は、今、しあわせです。

でも、世界には明日の見えない人たちがたくさんいます。病院のベッドで寝たきりの人たち。「明日、死ぬかもしれない」と、今日も不安をかかえながら必死に生きようとしている、まだ小さな子どもたち。それでもその不安な顔を親には見せないでがんばっている。そして、いつもいつも、誰よりも笑顔で笑っている。

余命何日、何カ月、何年と、限られ、でも、それ以上の日数を必死に生きた小さな子どもたち。この子どもたちは、大切なものを忘れてはいない。必死に生き、みんなに勇気と希望を与えてくれるのです。そんな、まだまだ小さい子どもたち。

その子どもたちはもういないはずなのに、今もどこかで生きているような、テレビの映像に映っていた明るい元気な子どもたちの笑顔や、やさしくて、どこかさびしそうな、不安そうな、でも子どもの前では泣き顔を見せないで強く生きている子どもたちの親の姿が、私の心から消えていきません。

日本には医者が不足しています。

私は医者になるしか、ほかにやりたい仕事はありません。

でも、私はどんな医者に、なりたいんだろう。

患者さんの気持ちがすべてわかるわけはないだろうし。でもでも、できるだけ、患者さんの気持ちに近づくことができるような医者になりたい。

ひとりでも多くの患者さんに信頼されるような医者に。

「この先生なら、手術を受けたい」と、そんなひとことがきっと大きな勇気を与えてくれるだろうと思います。

私のやさしさが患者さんに伝わって元気になったら……。そんな、心の底からやさしい医者になりたいと思います。

元気を与え、やさしさを与えることは、ほんとうは簡単なはずなのに、でも現実はそんなにそんなにうまくはいかないのでしょう。

でも、やさしさは、大事だと思います。

患者さんを愛せない医者は、患者さんに受け入れてはもらえないでしょう。愛したら、自然とやさしくなれると思います。もちろん、やさしさですべてがうまくいくとは思いませんが。

今からやっておきたいことは、いっぱいあります。

応急処置の一つや二つでも覚えておきたいと思います。薬の名前や種類、その薬はどんな時に使えばいいのかも覚えておきたい。

でも、私に医者になんて、なれるだろうか。

でも、がんばろうという気持ちはいっぱいにあります。医者になりたいというのは、自分のためだけのこと？

でも、今は、それでも、いい、と思います。

私が私であるために――。

十二歳の少女が、臆することなく「私」と向き合い、「やさしさ」への絶対の信頼と鋭敏な感性で夢を紡ぎだしていく様に、私は「感動」に近いものを覚えた。そして思わず、私があと十年と少し生きることができたら、「医師、岡崎明日香」に診てもらう時が来るであろうにと、叶わぬ計算までしてしまう。

いかに生きるべきか。そのことを考え続けていく「仕事」を、私は祈る思いで十二歳の明日香さんに託していきたかった。

習作を重ねる

死ぬまでの時間を予測して、いるものといらないものとを分け、そのそばからいらないものを処分し、死後の始末になるべく手を煩《わずら》わせないようにしたいと思って、さらにいるものの中からいらないものを探し出し、絶対にいるものを厳選している。

捨てるには惜しいと、使いもしないのに保管しておいたものは全部捨てた。電気ポットも炊飯器もジューサーも、コーヒーミルも処分した。電気ポットがなくても、一人分の飲み物ぐらいはレンジで事足りる。炊飯器はなくても、おにぎりを買えば済む。一人ではジュースもコーヒーも欲しくなくなった。ペティーナイフ一本あれば料理から食事まで不自由しない。スプーン、フォークが大小一本ずつ。調理道具が多少あるが、シンクに取りつけられた小さい引き出しにみんな収まる程度にした。箸は使い捨ての割りばしでいい。食器は、皿が大中小の各一枚ずつ。挽きたてのコーヒーが大好きだった荘六を思い出し、二人分のコーヒーカップをとっておくことにした。二人分のものがあることで、今も荘六と暮らしているような気分になりたかったからだ。

電磁調理器、冷蔵庫、レンジ、トースター、テレビ、ラジカセ、掃除機、折りたたみのベッド――と、必需品はあるが、どれもさほどには場所をとらず、女性一人で「粗大ゴミ」置き場まで運べる程度のものだ。そのほかは、パソコンやプリンターなどといった仕事の必需品。

居住空間は十畳程度。狭いから掃除にも手間がかからない。大事な物は、モクと荘六の写真。それと、荘六の骨。もうすぐ私も骨になるから、そのときに二人の骨を荘六の大阪の弟妹のところに運んでもらうことにしている。

所有物は最少限度がいい。絶対にいるものだけでいい。

モノの整理をしていたら、自分という容器に入っているものを「仕分け」したくなった。

いかに生きるべきか。

その自問自答が、人間に与えられた一生の仕事だと思う。

人間に平等に必要不可欠に授けられたものは、「生きること」と「愛すること」と「死ぬこと」だと思う。この三つが繋がって、「いかに生きるべきか」の問いに答えてくれる。

「生きる」とは、信頼し合う人といっしょに、あるがままの「自分」を受け止め、その自分を、力を貸し合って正し、その困難を喜びに代えていくことだ。その道のりがいつか「愛」を育ててくれる。「愛」とは、互いのまちがいから目を逸らすことではない。「まあまあ」と、あいまいにしてしまうことではない。「許す」という言葉が使われてはならない。許すという言葉は、「裁く」という経過を辿ってくるからだ。「死ぬ」とは、その一生の道のりを、次を生きていく者たちに糧として渡していくことだ。

荘六と生きた三十年近い年月は、私に、多くの真実を気づかせてくれた。その真実に、二人でたどり着くことはできなかったが、荘六の死が私に遺してくれたものは、「いかに生きるべきか」の問いかけであり、その答えを導き出す力であったような気がする。

こんなことがあった。一年あまり前のことだ。

認知がおぼつかなくなっていた荘六が、ある時、私の手の甲のやけどの痕を見て、「それ、どうしたの！」とひどく驚いた。彼のその驚きに、私はびっくりしてしまった。「痛そうだね」と、彼はじっと見ている。

「やけど、したの」

「どこで！　いつ！」

「ずうっと前。いつだったか、もう忘れちゃった。もう全然、痛くないよ。大丈夫」

私は笑ってみせた。

荘六は目を上げ、記憶のどこかからうっすらと思い出したようだった。荘六は私を見つめて一瞬、息を呑んだ。彼の目はうつろではなかった。

「だあいじょうぶ！」

そして私は手元の雑用に戻った。荘六はそれきり何も言わなかった。

この時、二十八年前の夏の「あの日」のすべてのことを、荘六の記憶から消してあげたいと、はじめて思った。その時、私は肌の醜さがなんでもないことだったと感じられた。その肌は壮六が死んでからも、「あの日」の記憶を揺さぶるようにして私の目に入ってくることもあったが、今ではもう、いっしょに生きた思い出が、そのことへのこだわりをすっかり消している。

直視すること、だけが正しいのではなかった。

急ぐことはなかったのだ。

受け止めることが今は能力にあまることであれば、「待つ」という寛容さが自分自身に対してもあっていい。その寛容さが、受け止める力を蓄える余裕を与えてくれるかもしれない。私は自分の痛みが重すぎ、その傷を始末することに性急すぎた。そのために、荘六の痛みに気づくことができなかったのだ。ひとりの静まり返った部屋で、荘六が何も言わずに耐えてきた痛みが私のこころに疼いている。

生きるということ、それは「習作」を重ねていくことであったろうか。二人で生きた年月も書いては書き直し、なんどもそれを繰り返し、寄り道や回り道をしながら、「習作」を重ねてきた道のりだったのだと思う。二人で重ねたたくさんの失敗も、今は私に大事な糧となっている。生きてきたことのすべてが無駄ではなかったと思う。

死という、そのデッドラインまでのラストスパートの距離がわからない。だがその最期の時まで、習作を重ねてきた原稿を推敲するようにして生き、いらない言葉を削《そ》ぎ落とすようにして死んでいきたい。

死は、生きることの苦しみを「無」にしていく。その予感が、私からすべての打算を排し、膠着《こうちゃく》するエゴから解き放ってくれる。そこから人への労りやあたたかな気持ち、感謝への思いが素直に湧いてくる。荘六も同じ思いで最期を生きてくれたのだと思いたい。躓《つまず》いたことも多くある。そのことが悔いになって消えてはいない。だが、ひとりの人を愛した誇りと敬愛する人々から支えられてきた喜びが、その痛みを感謝の思いに変えてくれたのだ。

荘六の愛用した腕時計が今も同じ正確さで時を刻み、その微かな音が荘六のいのちの音に聞こえていた。

母はしあわせだったろうか

母はどうしているだろうか……。

忙しさが一段落してひと息ついた隙間から、ふっと母のことが心のなかに戻ってくる。

「あなたは、結婚してから、変わった。いいのよ、奥さんなんだから、旦那さんを大事にしてあげなさい」

結婚してからは、誰のことよりも荘六を優先する私に、母の声が意地悪かった。

母にとって私の結婚は、耐えがたいことだったのかもしれない。荘六は「私のモノ」を奪っていった男だったろう。母が結婚の条件の一つにしたことは、私に「お手伝いさん」をつけるということだった。「この子は、家事は何もできませんから」と、母は言い、母のこの要求に荘六は驚いた。無論、そんな余裕はないし、私も望んでいない。まだ病人であった私に代わって家事の全部を引き受けたのは、荘六だった。

また、母は私あてに手紙や宅配便などをひんぱんに送ってきたが、その宛名にはいつも、「荘六様方、美津子様」と書かれてあった。

「お母さん、さびしいんだね」と、荘六の声がさびしい。私は二人のさびしさに挟まれて何も言えない。そうして東尋坊への「自殺行」が起きたのだ。荘六への母の怒りは激しい憎しみに変わった。

荘六と生きていくには、母のさびしさに負けるわけにはいかなかった。私は母から、住む距離を遠ざけ、会う時を間遠にしていった。

母の住まいは神奈川県平塚市の、眼下に海が広がるマンションの十階である。母は七十歳を前にして父と事実上の離婚をして、念願かなって夫から解放され、ひとりの自由な暮らしをはじめて手にすることができた。母は「年寄りくさい」のを嫌って、なにごとにも「しゃんしゃん」と行動し、生来の潔癖さから常に身辺をきちんと整え、「倹約」を第一としながらも服装からバッグ、小物に至るまで手作りで身奇麗に装っていた。

だが来る日も来る日もひとりは寂しかったのだろう。たまに私が訪ねれば歓迎してくれた。なにやかやと私を引き止め、泊まっていけばいっしょに枕を並べて、「もう一度、うちの子にならない?」と冗談めかしつつも、ささやくように言った声の色には、「祈り」に近いものがあった。だが、荘六の「そ」の字も避けるその口ぶりは、私にとって「針の筵《むしろ》」だった。私が母を訪ねるのはますます間遠になっていき、以後、母は私との十年以上もの断絶の年月のなかで、いつしか私を必要としない「城」を築いていった。

母は手乗りの文鳥をつがいで飼い、「ブンちゃん」「チビちゃん」と名づけ、息子や娘たちより「ずうっと大事」と、幼児をあやすような仕草でかわいがった。「私にはブンちゃんとチビちゃんがいるから、ちっともさびしくない」と、強気を装っていた母だが、文鳥はいつまでも生きてはくれなかった。文鳥の死が引き金になったかどうかはわからないが、八十五歳を境にがたんと老衰した。横浜で暮らしていた独身の兄が母と暮らし始めたのは、その少し前のことだった。

二〇〇六年三月の初め。夢の中で私を呼ぶ母の声を聞き、電話をかけると、兄と代わって「もしもし、お母さん?」に返ってきた母の言葉は、過呼吸のためにまったく聞き取れない。「明日、行く」と叫んで電話を切った。荘六を長時間も家に残していくのは不安だったが、まだ介護を要するという段階ではなかった。深夜に起きて母にお弁当を作っていると、料理の湯気といっしょに、箸を取る母の笑顔がなつかしく立ち上ってきた。

新幹線が名古屋を発ち、愛知県から静岡県、神奈川県へといくつものトンネルをくぐり、見慣れた湘南の海が遠くに広がってきたとき、私は「母は幸福であったろうか」と泣き叫びたい衝動に駆られた。

誤診された母

大正六年生まれの母は、家の前の道を行くいつもの軍靴《ぐんか》の主に、ひそかに恋心を抱いたことがあったと、私に語ったことがあった。母は女学校を出て、文字通り「箱入り娘」のまま親の決めた結婚をし、舅《しゅうと》姑小姑相手の苦労をさんざんにし、つましい暮らしのなかで三人の子どもを育て、いつも手を動かしよく働いていた。社会に出ることはなかったが、病気で臥せっているとき以外は休んでいる母の姿は記憶にない。

「子どもを躾けるなんてこと考えなかった。子どもはただただかわいかった」と言っていた母は、私たち子どもに贅沢をさせることはできなかったが、「不足」を感じさせたことはなかったと思う。母の手間がかかった私のお弁当には、友だちが「すごーい」と群がってのぞきにきたものだった。

そんな母が私は大好きだった。私はなぜ生きているのかと自問し、答えは「お母さんがいるから」だった。

一九五六年。私が十二歳、中学生になった夏休みのことであった。

かかりつけの開業医から母に乳癌の診断が下された。今であれば大きな病院で精密検査を受けたであろうが、おそらく顔なじみの医師への信頼と、母自身のみならず周囲も無知だったのだろう。その医師の判断ひとつで、左の乳房摘出の手術が行われた。

手術の当日、父は会社に出勤し、母の妹だけが付き添った。待合室で小さな風呂敷包みひとつを抱えた母は、「ご主人は」と医師から聞かれ、「会社」と答えた。大手術を目前にして、妻に付き添わない夫と、そのことに平然としている様子は、医師を唖然《あぜん》とさせたという。

「癌」という病気のことを、家族みんなが知らなかったと思う。私にも、せっかくの夏休みに母がいないことが寂しかった、という記憶しか残っていない。手術は「成功」し、気丈でどちらかというともともと頑健な母は、順調に回復していった。そして秋の新学期が始まって間もなく、一家は東京に移った。

母は手術の予後を心配して築地の癌センターに通院した。なぜか、母についていったのはいつも私だった。癌センターにひしめく患者の姿に、私は立ち竦《すく》んだ。上顎の腫瘍をえぐりとられた空洞から血が噴出している患者。痛みにもだえ、絶叫する患者。ぐるぐる巻きの包帯から膿の混じった血液が染み出てくる患者。私の目に、それは文字通り「地獄」のありさまであった。

母を診察した医師は、執刀医から当時のレントゲン写真を取り寄せるようにいったが、「癌」と診断し母の乳房を摘出した医師からは、日を経ても音沙汰なしで、あらたにレントゲンを撮った結果、医師は「癌ではなかった可能性が高い」と診断した。

母の青ざめた顔は紅潮し、よかったという安堵の思いより、受ける必要のない手術を受けたことへの憤りで震えた。診察室を出ると、母は両の掌で顔を覆い、泣きじゃくった。このとき母はまだ三十八歳だった。私に何ができるわけでもない。母のそばにいるという、ただそれだけしかできなかった。

だが万が一のためにと、再発を防ぐ放射線治療が始まった。放射線を浴びる回数が増えていくにつれて、母の左の胸は真っ黒に焼けただれ、夏の暑さに化膿し、「あなただけに見せてあげる」と、私にブラウスの前を開いて見せ、「それでも痛くもなんともないのが不気味」と言った。浴室でその胸を洗う母の湯の音を、私はドアの外でいつもじっと聞いていた。

五年経っても再発しなければ、癌は完治したものと判断できると医師は言った。高校二年のとき、私はやっと母の左の胸から解放された。

母の人生は、特に大きくつまずくこともなく、平々凡々のごく当たり前の人生であったかもしれない。だが、それで母は幸福だったのだろうか。

鋭敏な母だった。頭のいい母だった。勝気で泣き言を言わない母だった。子どもたちに常々言った母の言葉のひとつは、「ぼんやりしていてはいけません」だった。モノを失くしたら、出てくるまで探せと言った。人に負けたら負かせるまでやりかえせと言った。できなければできるまでやれと言った。怨念の烈しい母でもあった。自分をいじめた「奴」には「死んでも五寸釘を打ってやる」と言っていた。そんな感情の烈しい母であったが、それだけにやさしさやさびしさ、悲しみを、胸にふかく受け止めもした。

私が「全身熱傷。生命は絶望」となったあの夏、当時六十一歳であった母は気が狂ったように泣いたという。生死の境を浮沈していた私は意識が戻るたびに、「母のために死んではなるまい」と思った。そして明日、母が来るまでは生きていようと思った。さらにまた、その明日が来るまでは、と。そうして私のいのちは、「死」から「生」へと蘇っていったのだ。「死なせてはなるまい」という母の祈りは勝った。

だが、病院を出て私と手をつなぎ、回復のあてのない娘に、母は何を思っていただろう。母の庇護を振り払って荘六と暮らしていく私に、「あなたがしあわせになることなら」と、母は溢れる涙を膝に落とし、床の上に足をこすり、文字にならない文字をなぞっていた。

私は医師の予測をはるかに超えて回復していった。だがそのことが母にとっては、幸福だったのだろうか。

「私、お母さんになんてなるんじゃなかった……」

私にくるりと背を向けた母の声が震えていた。

母は、恋をしたら、その人を命がけで愛したであろうに。社会に出て仕事をしたら、持ち前の能力を存分に発揮したであろうに。母にそうやって生きてほしかった。夫を捨てても、子どもを捨てても、世間のどんな非難を浴びても、母にそうやって生きてほしかった。

老いていく母

名古屋の自宅を出て四時間後、チャイムを押すと、ややあってから鍵がゆっくりと開いた。

久しぶりに訪れた私に、母は、うれしくもあり迷惑でもありといった複雑な顔を向けた。私は肉の削げた壊れそうな母を抱きしめた。乳房のない左の胸には肋骨が浮き上がり、母は私の腕の中で声もなく涙を拭っていた。

持ってきたお弁当を広げると、母は子どものような仕草で迷い箸を定めて頰張り、「おいしい」と、青ざめた顔色をぽっと染めた。

すでに母は八十八歳。「ラグナ梗塞」と診断されていた。ラグナ梗塞とは脳の細い末端血管に圧力がかかって詰まった脳梗塞だ。まだかろうじて身辺の自立はできていたが、起き上がる気力もない。テレビにも関心がなく、ラジオも疲れるといって、しんとした部屋で私は母の枕元に座って、どう向き合っていいのか困惑した。「何か心配事とか、不安なこと、ある？」と聞くと、「なあんにも、ない。お兄ちゃんがいてくれるし、気楽でいい」と、青く澄んだ眼を窓の外の遠い空へ、のんびりと放った。

いのちというものは、一つずつひとつずつ、荷物を捨て、身軽になって、天国に旅立っていくのか。自分自身の激しさからも解放されたかのようなその母に、見舞う前には少なからず騒いだ私の心は凪《な》いだが、その一方で、もう私を求めることもない母に、寂しさがそっとこみあげた。母はせっかく来てくれたのに、寝てばっかりいたら悪いわねと起き上がった。その母の肩を手土産のショールで包んであげると、「あったかい」と恥ずかしそうに言った。いつまでも母のそばにいてあげたい。目覚めたときに母の視界に届くところにいてあげたい。だが、間もなく夕刻になる。荘六が私の帰りを待っている

「ゆっくり、していきなさいよ」

母の言葉に頷くことができなかった。

「待っているんで、しょ」

母の声が暗かった。

ドアの鍵がかかる音を背に聞いて、母のもとを後にしていった。母の住むマンショ

ンを見上げ、その向かい側で帰路のバスを待ち、海からの吹きさらしの風の冷たさに私は凍えていた。老いていく母が繰り返した「ありがとう」の細い声が耳に残り、後ろ髪を引かれるような痛みはいつもより疼《うず》いた。

母とのわかれ

二〇〇九年九月。まだ暗い時刻に跳び起きた。生きているうちに、母に会おうと思った。癌を宣告された私がまだ生きているうちに、九十一歳の母がまだ生きているうちに、と。

十一月の母の誕生日が来るたびにその年齢を考え、認知症の症状が次第に重くなっていく様子を兄からの電話で知るものの、荘六の介護状態が日増しに重くなっていた。一度は荘六をショートステイに預けて母を見舞ったが、その施設の対応が荘六には合わなかった。「あんなとこ、もう、絶対に行かない！」と、泣いて訴えた荘六を置いてまで母を見舞うことはできなかった。

荘六の死後、私は荘六を最後まで拒絶した母を訪ねる気持ちにはなれなかった。このままずっと会わずじまい——と、思ってきた。だが、時は私の頑《かたく》なさをほぐしていった。

母の住まいに近いホテルを探し、「今晩一泊」を予約した。

小田原で新幹線から「湘南電車」に乗り換えると、昔暮らしていたときと変わらない街のたたずまいから、「あの時」「この時」の風景が湧いてくる。

平塚駅に降り立つと、まず市役所に行き、平塚市の福祉行政の様子を調べた。職員の対応は丁寧で、担当のケアマネジャーにも信頼感が持てた。その足で母の住まいに向かい、ショートステイから帰ってくる母を待った。

夕刻、冬のはじまりを思わせる冷たい西風のなか、車椅子の母が帰ってきた。

母から、かつての面影を探すのは難しかった。認知症はかなり進み、ほとんど寝たきりで全介護を必要とし、ショートステイを利用しながら兄が一切の面倒を看ていた。その兄も六十代の後半となり、決して健康体とはいえない。母は唯一の庇護者である息子を、「親」だと思いこんでいるようだった。

「長男」が、母のいちばんの誇りだった。今はもう「息子」と認識できなくても、すべてを委ねている母からは不安感が見られなかった。そして自分の幼い娘を愛撫するかのようにして母を支える兄の思いは、ケアマネジャーの目にも私の目にも、介護のたいへんさをはるかに超えていた。

私のことは自分の「妹」と思い、その名を呼び、私が名を名乗ったら不思議そうに考え込んでいる。

「私、こんなになっちゃった。もう、だめ」

吐く息の中から声を絞り出し、だが、私にそう伝える眼差しに悲しみはなかった。

母はふっと目が覚めたように、「今日、泊まっていきなさい」と言った。

「ね、泊まっていきなさい」

だが帰宅後の予定がすでに入っていた。

「今度、泊まるね。泊まれるように準備してくるね」

「そう。帰っちゃうの。泊まっていきなさいよ」

翌日、もう一度母を訪れ、そこでケアマネジャーに会い、母の状態を具体的に把握した。ショートステイといっても、母に合う施設はなかなか見つからず、訪問ヘルパーも母と折り合う人になかなか出会うことができない。その苛立ちもあってか、母の言動には激しいものがあり、ケアマネジャーは対応の難しさを言葉にした。そばにいてあげたい。私のいのちが続くまで、もう一度母と暮らしてあげたかった。

泊まっていきなさいよ……。

陽が落ちた時刻、母の声を耳に残してラッシュの始まった新幹線に乗った。

深夜二時。眠れないまま、ごそごそと、死後の荷物の整理を始めながら、兄からの電話の言葉を反芻《はんすう》していた。

兄は言った。今は、母は私を娘とは認識していない。だがこの後、母が「娘」を認識し、私が母より先に逝ってしまっても母が「娘」を求めた時、どうしたらいいかそのことがいちばん心配だ、と。兄のこの言葉に私の気持ちは萎えたが、その気持ちも鎮まれば、兄の心配も理解ができた。

私が母に最後にしてあげられることは何かを考えた。それは、「私がどうしたいか」ではないことに気がついた。母の記憶に、私が留まらないようにしてあげることかもしれない。そうすれば、私が母より先に逝く日が来ても、母のこころに波が立つことはないだろう、と。

そのことばかりを考え続け、いつもより長い夜が明け、母をお願いしているケアマネジャーにメールを送った。

いろいろとお願い事をしましたが、以後、一切を兄に一任することにしました。
私が母のところを訪れることはもうないと思います。
ご面倒をおかけしますが、どうかよろしくお願いします。
支えていただいていることに感謝しています。兄ともっと向き合える関係をと、
祈っています。
最期までよろしくお願いします。

私のメールに折り返し丁寧な返信があった。

ご指摘どおり、お兄様と向き合えていません。
お兄様の「介護をしている気持ちはない。支え合って生きている」という言葉を
聞いて、私たちの役割、いや、「私」が問われている思いがいたしました。
「介護負担の軽減」だけでは語れない。お二人の生活、人生を感じました。

お兄様、お母様といっしょに悩み、考えていこうと思っております。
言葉で申すのは簡単です。行動しなくてはなりません。
くれぐれもお体ご自愛のほどを……。

「死ぬ」ということになったら、便利であったはずのモノも、大枚を叩《はた》いたほどのモノも、なんの価値もなくなる。価値がなくなればただの「ごみ」になる。人の体という物体も、死んだら「ごみ」になる。だが、死んでも人の心は、「ごみ」になってはいけない。頭の中でぶつくさとそんな言葉を並べているうちに、いつしか夜が明けていた。

四五リットルのごみ袋が九つできた。残されたいのちの時間にとって必要なものと不必要なものとを、きちんと仕分けることができた。さらに死後まで残るものに、「要焼却」と「処分一任」との二通りのラベルを作って入れ物を用意した。

ひとつ片付いたこの「徹夜仕事」に、ささやかな充足感があった。

母はこのまま、私を「娘」と認識することはないだろう。それでいいのだと、私は自分を納得させていた。母に向けた私の眼差しに返してくれた、その寛《くつろ》いだ小さな笑顔が、母からの最後の贈り物だった。

ほしいものはもう、何もない。

生きてきたことのすべてを「運命」と受け止めれば、あきらめと、ひたすらに耐えることしかなくなる。「神様から与えられた試練」だと理解したかった。その試練が私を育ててくれたのだ。自分がどう生きてきたかと振り返ることもいらなくなった。自分の正しさを誇ることも、自分の間違いを悔いることも、私にはもう必要がなかった。

私にはかけがえのない思い出がある。

その追憶のなかから淡く淡く立ち上ってくる風景。ゆらゆらと揺れながら、くっきりと再現される一瞬一瞬の楽しい光景に思わず笑ってしまう。憤りも悲しみも苦しみもさびしさも後悔も、どんなにたくさんの涙を流しても洗い流すことができなかった。だが追憶は、そのすべての痛みをふかく沈めて、立ち上ってくる風景を無限のぬくもりで満たしてくれる。私の体が芯まであたたかい。

終章　最期の晩餐

いのちの締め切り

二〇〇九年。

十二月十三日。

昼少し前の時刻、私は東京行きの新幹線で名古屋を発った。行く先は、六本木にある国際文化会館。目的は、そこのレストランで「最期の晩餐」を共にするため。メンバーは私を含めて四人。中島研郎医師、斎藤宏保氏、竹内修司氏。

窓外のコマが一瞬の間に飛び去っていく。

快晴の空からは、冬の季節を忘れたような陽が降り注いでいた。

あと二カ月、か。いのちの締め切りに追われている。そのせいか、睡眠は小刻みで、眠ったと思ったら目が覚め、目が覚めれば忙しくいろんなことを考え、再び眠っても二時間も続けて眠ることは難しい。

深夜に目覚めては「死ぬ準備」を整えている。荘六の妹に死後の一切を頼み、簡単な遺言書をしたためた。死後の連絡先一覧を作り、はがき大の挨拶文も準備した。その数の宛名書きのラベルもできた。死後に残るものを「要消却」と「処分一任」に分けた。そうした内容をその義妹にメールで伝えた。彼女はこうして準備を急ぐ私に、「あっちに逝くことばっかし考えていてはだめ」と忠告した。

「あっちに逝くことばっかし」を考えているわけではないが、賽《さい》は投げられたのだ。「癌」は医師の予測をはるかに超えて進行している。その状態を、私はフィルムで確認している。それがこれからどういう経過を辿っていくかを医師から説明され、私自身もインターネットで確認している。私にはその事実と対峙していくことしかできなくなった。「死」に関する本を数冊は読んだ。最期のその時までを自分はどう生きたいのかを、毎日考えた。死後のことに至るまで、できうる限り「自分で」始末をしていこうと思った。

私には「恐れること」はもうなかった。恐れることとは、私の死が、私を絶対に必要とする人を苦しめることであった。だが、荘六は、もういない。モクもすでにいない。母は兄の庇護の下で暮らしている。私が死んで困る人はもう、いなかった。そのことが、自分の死に「悲壮感」を抱く必要がない、いちばんの理由だったかもしれない。

私が行く道程と、たどり着く先は見えている。私はそのために準備を進めればいいだけだ。一つひとつ、着々と進めていくことに気分のよさに近いものさえあった。それは、一つには、それまでの仕事の習性によるものもあったかもしれない。

二十代からずっと、出版物の編集の世界にいて締め切りに追われる仕事が長かった。所属していたのは小さな編集プロダクションであったから、手取り足取り教えてくれる人の余裕はない。新米のときから第一線に放り出され、プロダクションの仕事確保に営業もし、外部に発注するお金の余裕もないから、イラストもレタリングも地図版下も下手ながらこなした。一人で出張校正に出かけ、「責了」と書くべきを「校了」と書いたおかげで、刷り直しの費用をプロダクションが負担せざるを得ない事態に追い込まれたこともあった。徹夜仕事の無理がたたって入退院を何遍となく繰り返した。

それでも仕事は楽しかった。仕事が一段落すると、編集の「独学」がまた楽しかった。仕事の手順を考え、締め切りまでの時間を逆算し、周到に準備し、夜と朝の境目もなく、季節がいつかもわからなくなってしまうような毎日だった。年末が来ればほっとした。お正月が明けるまでは追い立てられることなく仕事ができたから。休みぼけたちが仕事に戻ってくるときには、「さあ、来い」とばかりに、こっちが迎え撃つ番だ。締め切りは絶体絶命のデッドラインだった。「間に合った!」爽快感といったらなかった。「戦友たち」と深夜の街を飲み歩き、人生論を戦わせ、気前よく奢ったり奢られたりしながら財布はいつも空になったが、締め切りに追われて無我夢中になったあの緊迫した時間、あれが私の「青春」だったような気がする。

今になって、その遠い昔のことが「楽しかった」思い出として蘇ってきたのはなぜだろう。

いのちの締め切りを目前にして、一つ、また一つと、「死」への準備が進むとほっとする。その安堵感は、かつて仕事で「間に合った!」と万歳した爽快感と、どこか似ていたのだ。

自分にとって必要な「準備」が私はわかっている。それは二度目の「死の宣告」でもあったからだ。

一九八〇年八月。予測もしなかった突然のできごとは、一瞬にして私の生命を「絶望」に突き落とし、私は選択の余地なく自分のすべてを他者に委ねることとなった。激痛に麻薬が使用され、意識が浮沈するそのさなか、死ぬことにこわさはなかったが、なにもかもをやり残したままで死んでいくことに、無念さと寂しさが心のなかに泡のように渦巻いていた。自分がきちんとしていなかったからと、だがそれを言葉に出すことさえもう無意味だった。

そして奇跡的に蘇生はしたが、私の体は並みの人間の能力がまるでなかった。手足も自由がきかなかった。足を運べば足元の電気コードに引っかかって、まるで像のように倒れてしまう。ティッシュペーパー一枚とて箱から引き出す力がない。ベッドから起き上がる力もなかった。だがこのようにすべてにおいて人手を要したが、至れり尽くせりの手には苛立った。自分でやりたいという願いが切実だった。やってくれるのではなく、私が自分でやれるように整えてほしかったのだ。

そういう記憶が蘇ってくる。

生きている間に、ではなく、自分で十分できるときに、できなくなったときでも自分でできるように、できる限りの準備を整えておきたい。身体の力が確実に弱っていくだろうと、掃除機は本体が一キロにも満たない軽いものに代えた。動くことのできる範囲は小さなものになっていくから、台所に向いていた冷蔵庫もレンジも、室内の、ベッドから這ってでも行ける距離に置き換えた。荘六のために浴室とトイレに手摺を取り付けたことが、これからの私にも役に立つことになった。

医師の予測を鵜呑《うの》みにすることはできない。半年後に来るという末期症状も、その半分、いやもっと早くに襲ってくるかもしれない。確実なのは「今」しかないのだ。逆に医師の予測を超えて生きたとしたら、それは「余裕」、「おまけ」のようなものだと思う。

「早め、早めに、ね」

と、いつも早めにはいかなかった荘六の声が聞こえていた。

花屋に出かけた。目下いちばん好きなトルコキキョウを二輪買った。この間はピンク、今度は紫。花は数日は咲いてくれるだろう。そのくらいならねと、自分のいのちに自信を持っている。

文房具店に出かけた。迷いに迷ったが二〇一〇年のカレンダーを買った。毎月繰るほどのことはもうなかろうと、十二カ月が一枚に収められているものにした。さあて、せいぜいで、この六分の一、か——。

一年前の今頃、私は名古屋第二赤十字病院に入院している荘六のもとへ、毎日通っていた。荘六は解熱剤も抗生物質も一向にきかず、三十八度台の熱が続いていた。医師から誤嚥性肺炎の可能性を告げられた。無呼吸がひんぱんに起き、それでも意識はしっかりとしていて、私の呼びかけに声を振り絞るようにして「よーし、がんばろう」と返してくれた。終焉の時へと刻む正確な針の音に逆らうことができないとわかっていながらも、奇跡を祈って蛙（＝家に帰る）のお守りを一対携え、クリスマスムード一色の人々のにぎわいをかき分け、じっと堪えながらもこみあげてくるもので、視界はおぼろになった。

前年の十一月、死のちょうど一カ月前。荘六は見舞ってくれた人々に所狭しと囲まれて、お寿司をつまみ、ビールのグラスを傾けた。荘六を見守るみんなの笑顔があたたかかった。荘六を囲んで写真を撮った。その時、みんな、「絶望」を忘れていた。夕刻、大阪までの遠い道のりを帰っていく彼らは、無言の涙を溢れさせる荘六に、「また、来るね」と約束するように頷いた。それが叶わないことであるのは誰もがわかっていた。

その時から一年が過ぎた。

シャッターが切り取った一枚の写真が、あの日の風景を最後の思い出にして留め、部屋いっぱいに飛び交ったあたたかな言葉が今も聞こえてくる。

「楽しかったね」と、両手でグラスを支える荘六に、声に出して言葉をかけてみた。いっしょに生きてきた年月は「過去」にはなっていかない。これからもずっと、私のなかで留まり続けるだろう。

あと二カ月——か。やみくもに、いのちの締め切りに急かされる。その先はないが、だが二カ月も、あると思えば、余裕綽々《しゃくしゃく》、贅沢な気分にもなる。パソコンを抱え、電車に乗って、街中へ出ていった。街のごちゃごちゃに入り乱れるその中の、珈琲が香る静かな空間。その、自分だけの世界に閉じこもることができる場所で、あれこれと考えを巡らす時間は、私にとって「至福の時」といっていい。

癌は虎視《こし》眈々《たんたん》と、暴れだす時期を狙っているだろう。それまでに、今できる精一杯の「楽しいこと」がしたい。そうだ！「ありがとうございました。さようなら」を伝えよう。「最期の晩餐」を思いついた。メールを送った。間髪入れずに返事がきた。

「この企画、大賛成です！」

駆けつけてくれた記者

私には一九八〇年以来、「死」から「生」へと舵を切ってくれた人が、中島医師のほかに二人いる。

その一人である、斎藤宏保氏は、事件の翌年、一九八一年八月に、退院後の間もない私のところに予告もなしに取材にきた、当時のNHKの社会部記者であった。

退院後の私のもとには「事件の被害者」ということから、連日、取材の申し込みが殺到していた。だが私は生きて病院を出てきたものの、心身の回復のあてはなく、医師からいのちを保証されてもいない。希望は微塵《みじん》もなかった。取材に応じる気持ちの余裕などあるわけがなかった。私は新聞社の一社を除いて断った。その新聞社の記者は兄の友だちであったから、止むを得ずであったに過ぎない。

そんな時期、玄関のドアを開けたら、門の向こうにカメラやマイクをもった取材陣が待ち構えていた。カメラはすぐに回りだした。私は一瞬ひるんだが、怒りがこみあげ、「何をしに来たのだ」とばかりに、彼らの前に立った。ひとりの男性がマイクを持って近づいてきた。

「加害者のことがさぞ憎いでしょうね」

彼は恐る恐るといった声で私に聞いた。

「あの人だけが、なぜ、悪いんですか」

と返した私に、取材陣がシンとなった。

事件の加害者であった丸山博文の背景には、子どものときからずっと、自分でどうすることもできないかなしい人生の積み重ねがあった。彼にはそれを跳ね返すことができなかった。そういう境遇に追い詰められての自滅の行為が、「事件」だった。当時の私は、彼のかなしみと弱さが自分自身に重なった。いくつもの困難を抱え八方塞がりとなってしまった私は、噴き上がった炎の前で一瞬、生きる力が尽きた。その結果が、全身八〇パーセントの熱傷だった。

私にとってほんとうの加害者は、丸山博文という人間ではなく、炎の前で逃げ惑った自分自身だった。その「加害意識」が、「被害者」と呼ばれるたびに、私の胸を刺した。それでも彼が火を放たなければ、私はこの一生の傷を受けずに済んだのだとも思えば、「加害意識」はわずかに慰められることもあったが、私には、彼を憎む権利などなかった。

「追い詰められたとき、それでも自分はまちがいを起こさないと、あなたがただって自分に言えますか！」

ヒステリックに返した私の言葉に、マイクは私のほうを向いたまま動かなかった。短い時間であったが、男性は「なにかありましたら、こちらにご連絡を」と言って、私に名刺を渡していった。「斎藤宏保」。その後その名刺をなぜか、私は財布のなかに入れて持ち歩いていた。

それから三カ月後、私は生きる希望も依然としてないまま、事件に遭った「私」を書き出していった。その過程で、私は「丸山博文」を知らなければならなかった。「斎藤宏保」という人に聞いてみようと、思った。

「斎藤さん」は、裁判の始まった「冒頭陳述書」の写しをもってきてくれた。二人で交わした言葉は少なかった。

彼は私に聞いた。

「何か、書いているのですか」

そして見せてほしいと言った。

「いいえ、人に読んでもらうようなものではありません」と私は答えたが、その後も彼はたびたびやってきて「見せてほしい」と言った。何度目のときであったろうか。言葉少ない会話の中で、彼は私を「うらやましい」と言った。自分を見つめる機会を与えられたことに、と。そのひとことが、私の閉ざした胸を開いた。書き始めたばかりのわずかな原稿を彼に渡し、それが「出版」へとつながっていくこととなった。

翌十二月。NHKの取材に応じ、何日間かにわたったその取材がひと通り終わって後、私は荘六とやってきた東尋坊の民宿の公衆電話から、財布に入っていた「斎藤宏保」の名刺を頼りにNHKに電話をかけた。死ぬために二人でここに来ていること、今夜来てくれなければ死ぬ、と。私のそのひそかな電話は荘六に気づかれた。事業の失敗は、荘六に「自殺」という選択を翻《ひるがえ》させることができなかった。二人には、民宿の前の通りを隔てた東尋坊の真冬の海で死んでいくことしか、ほかに選択の余地はもうなかったのに。

「どこへ、電話をしたの」

荘六の目には、私の「裏切り」に対する絶望しかなかった。その私にできる最後のことは、「いっしょに死ぬ」ことだけだった。泣いて荘六を抱きしめ、約束した。明日ではなく、「今」と。荘六は私を労るようにして落ち着かせ、「わかった」とひとこと言った。助けを求める気持ちは、私にもうなくなっていた。

深夜、斎藤氏ら一行が到着した。飛行機の便はすでにない時刻。最終の列車を乗り継いで駆けつけてくれたのだった。

どれくらいの時間が経ったろう。斎藤氏の説得が、荘六に「死」を思いとどまらせた。

眠れぬままに朝を迎え、荘六と私は斎藤氏ら一行に付き添われて東尋坊をあとにした。羽田に到着すると、斎藤氏は私たち二人を、そのまま銀座にある知人の弁護士事務所へ連れていった。斎藤氏に促されるままに倒産の始末が開始していった。

さらに斎藤氏は、債権者に追われる私たちの身の安全を図って、その日から年末までをＮＨＫの宿泊施設で、施設が閉館する年末から正月にかけては日光にあるＮＨＫの保養施設で過ごさせ、東京に戻ってのち、私たちはしばらくはアジア会館を宿にした。

出版の師

一九八二年一月。斎藤氏は私を文藝春秋の、当時出版部長だった竹内修司氏に引き合わせた。

東尋坊から戻ってまだ間もない私たちには「生」への思いは危うく、二人いっしょにいなければ脆《もろ》く崩れてしまいそうだった。文藝春秋のロビーで、荘六と離れているという不安感をただいっぱいに抱え、「出版」に関心が向く間もなかったが、竹内氏の励ましに頷き、だが今振り返れば、はたして書き上げるという意志が確固としてあったかどうか。

そして間もなく破産宣告へ向けての手続きが始まり、その弁護士費用五十万円が印税の前払いによって充てられることとなった。

一九八二年二月。私たちはアジア会館から、中島医師の知人のクリニックに荘六ともども特別室に「入院」。中島医師は事情も聞かずに保証人を引き受け、「あそこは、飯がうまいよ」と、再入院となったことを慰めるように言った。

三月。横浜市の日吉に小さな一軒家を借りて「退院」。冷たい雨の降る午後、私たちは漠然とした希望を抱いてやっと、「生きる」ために踏み出していった。その家に、竹内氏や斎藤氏をはじめ、人々がやってきてくれた。中島医師もきてくれた。日差しを浴びた縁側にすずめも集まってきた。人のあたたかさがゆっくりと、いのちへの尊い思いを回復させていった。そのいのちの眩《まぶ》しさは、苦しんだ月日の凍りついた痛みを、少し、また少しと解かしていった。

五月。第一稿を竹内氏に送った。

折り返し、付箋のついた原稿が戻ってきた。原稿約三〇〇枚に対して、付箋の数はその数倍以上。それらは無言の付箋であった。なぜ付箋がつけられたのか。だが付箋をつけたわけを竹内氏に聞いたことはなかったように思う。

私は事件になぜ、遭ったのか。

医師をはじめ、周囲の誰からも生きる可能性を「ゼロ」と予測され、それなのになぜ、蘇生したのか。

そして今、これから、私はどこへ向かおうとしているのか。

竹内氏の無言の付箋は、「私」から目を逸らすことも、「私」を庇い立てすることも、遠まわしの表現をすることも許さず、非情なまでに「なぜ」と聞いた。その痛みに、泣きながら書いた時も少なくなかった。

七月三十一日。退院のちょうど一年後、私は付箋の処理をすべて終えて、竹内氏に再び原稿を送った。

「これで印刷所に入れます」

竹内氏の力強い電話の声が、「書き終えた」という達成感を私に与えてくれた。

生きたいという願いも、生きようとする勇気も、振り子の動きに身をまかせるようにして揺れ続け、生きる方法が見つけられないままに脱稿した原稿だった。その原稿に竹内氏がつけたタイトルは「生きてみたい、もう一度」だった。生きていく先の道が見えていなかった。希望より、不安や恐怖のほうがはるかに大きかった。それでもこのタイトルに道案内を頼むようにして、荘六と私は転びながらも歩き出していったのだ。

一九八三年一月。『生きてみたい、もう一度』が刊行。斎藤氏が主催して、出版記念会が開かれ、荘六にも私にも、「死」の影は少しずつ遠い過去のものになっていった。

以来、竹内氏は文藝春秋のなかで担当部署を変えていったが、私にとっては変わらずに「師」とも仰ぐ存在であり、原稿を書けばまずは竹内氏に送り、アドバイスを願ってきた。

もうすぐ事件から三十年。その長い道程を絶えることなく、この三人の人たちから、ときには物心ともに支えられてきた。その支えがあってこそ、「私」と対峙し、まちがうことを直し、「生きる」ために、遠回りしながらも歩きなおしてくることができたと思う。荘六と二人だけであったなら、「死」から「生」へと舵を切ることはできなかったろう。

三人の恩人と

夕刻五時半。

ロビーの椅子から立ち上がった。玄関のほうへ、私は手を上げた。

中島医師と竹内氏は同じ年齢の七十代。斎藤氏と私は六十代。三十年近い時の経過に、みんなの髪には白いものが混じっていた。

人は、生まれ、病み、老いて、死ぬ。それぞれに辿る過程にちがいはあっても、人みな、同じ道を行く。その事実を「悲しみ」と受け止める必要はないが、それでも生命の限界に臨んで寂寥と無念さを完全に払いのけることは難しい。自分自身のその正直な思いに心が止まるとき、真に生きるとは、この「生老病死」を敢然と受け止めることだと気づかされる。それにはまず、「私」とまっすぐに向き合わなければならない。そしてはじめて「そこに立つ」自分を受け止めることができる。そのとき、「私」がひとりで生きてきたわけではなかったことを、理解することができる。そしてあらためて生まれるのだ、人への感謝の思いと、人へのなつかしい思いが。そうして、同じ道を行く人への「いたわり」と「やさしさ」があふれてくる。そのあたたかな思いが、生命の限界を超えて人から人へ、人から人へと、受け継がれていく。「真に生きる」とは、こうした道程に共に参加していくことではないか。ひとりの場所は、ほんの些細な場所でいい。ひとりの名前は、無名であっていい。ひとりひとり、失敗した過去があっても、いい。あたたかな場所を共にできることに満たされた思いがあれば、それでいい。今、これから死ぬまで、その思いを重ねる時間はあるのだ。

癌という奴は、てぐすねひいて今にも跳びかかってくるだろう。だがそこを越えた先には巨きな巨きな何かが私を包み込んでいってくれそうな、そんな予感がしていた。

あとがき

本書は、一九八〇年に東京で起きた新宿西口バス放火事件に遭遇した私が、事件後から今日までの年月を振り返りながら、心身に負った傷から解放されていく心の跡を綴ったものである。

事件が起きたのは、私が三十六歳のとき。全身に八〇パーセントのやけどを負い、「絶望」と診断されたが、奇跡的に死線を越えて、医師にも予測できなかった二度目の「生」を生きていくこととなった。多くの後遺症もやけどの醜い痕も、元に戻ることはなかった。

自業自得だった。

だが、そのことを自分の力で背負っていくことのできなかった私は、「あなたにも責任があったのだ」と、ひそかに「犯人探し」をした。そのいちばんの責めを受けたのは、夫の荘六だった。いちばん愛する人が、いちばん憎い。愛憎半ばするその痛さに、二人で声を殺して泣いたことが何度あったかしれない。その苦しみは、いっしょに暮らすあたたかな時間の重なりと、十年二十年という長い年月の経過によって、ゆっくりと小さなものになっていったものの、終わることはなかった。

そして二〇〇八年十二月、荘六は全介護の身を私に委ねて八十歳の人生を終えた。それから半年余りのち、事件から二十九年を経た昨年の夏、当時の輸血によって感染したC型肝炎から、肝臓癌を宣告された。余命はわからないが、私は今、二度目の「死」に向かっている。

自分自身のこの三十年間を振り返った時、「苦しみ」という荷物を背負って生まれ、その荷物を彼岸へと運んでいくのが、人の一生だと、そんな気がする。

苦しみは、ひとりで手をこまねいていればいっそう重くなる。逃げ出そうとすれば追いかけてくる。放り出そうとすればしがみついてくる。

だが苦しみは、向き合って受け止めれば「糧」になる。ひとりになってはじめて、そのことを知った。その時、私を待ち構えている「死」の意味が、「絶望」から、残された時間を精一杯に生きる、自分への最後の「挑戦」に変わっていた。

死が単に「絶望」であるとしたら、誕生は「絶望」への出発点の意味しかなくなる。誕生が祝福されるものであるのなら、その死もまた、人生を卒業していく祝福するべき終焉の時であっていい。助産婦がいるなら「助死者」があってもいいと、医師やその周辺から、助死者を推進する声も上がっている。「死」は、すべてのいのちが平等に辿りつく「事実」なのだ。死を「敗北」とみなす医師にも、その死は、必ずやってくる。治らない患者に無関心になる医師も、いつかその患者たちの仲間になるのだ。「死」を単に拒絶するのではなく、互いに「助死者」となって、臨終の時を支え合うことができれば、一人ひとりの「死」は無意味なものではなく、次を生きていく者たちに、人としての生き方を問い直させるメッセージの意味を持つものになるのではないか。


荘六が逝って、二度目の春が来た。

もうすぐ今年も、家の近くの歩道の桜が車道にトンネルを作るだろう。

「わあ、きれい！」

荘六が車椅子から見上げて歓声を上げたのは、二〇〇八年のこと。それが最期の春になった。

荘六とラブレターを交わしたことはなく、愛の言葉も互いに冗談にしてしか伝えることができなかった。そんな言葉をひとことでも照れずに交わしていたら、遺されたひとりのさびしさが少しは暖まったであろうに、と思うこともある。だがそれも叶わない今は、いっしょに夢中で生きた思い出が私を慰めている。

二人で生きてきた年月を穏やかな気持ちで見つめ直せば、険しかったその道のりから、かけがえのない「宝」を見つけることができる。二人でなければ分かち合えないことがたくさんあった。「ほんとうに正しいこととは、なにか」と、夜を徹して激論を交わした日々もあった。その答えは、思うようにはいかない足元の現実を何ひとつとして変えることはできなかったが、「こうありたい」という同じ思いを確認し合うことができた。そこから、「自分を信じること」や「自分を疑ってみること」を、いっしょに学ぶこともできた。繰り返された軋轢も、静かになればいつも互いにいとおしい思いに変わっていた。それは転びながら二人で歩いた、大事な道のりだった。

苦しみは、決して無駄ではなかった。私にとって、必要な試練だったと思う。そうして、背負った「苦しみ」を、かけがえのない「財産」に代えることができたのだ。ひとりでは、できなかったと思う。周囲からのあたたかな支えが私をそこへ導いてくれたのだ。

そのことを最初で最後のラブレターにして、彼にこの「あとがき」を贈りたい。

杉原美津子

二〇一〇年、春

著者紹介

杉原美津子（すぎはら　みつこ）

1944年、愛媛県生まれ。作家・編集者。1980年、新宿西口バス放火事件に遭遇したのをきっかけに執筆を始める。著書に『生きてみたい、もう一度』『老いたる父と』『炎のなかの絆』『命、響きあうときへ』『他人同士で暮らす老後』（以上、文藝春秋）、『絆をもとめて』（風媒社）、『夫・荘六の最期を支えて』（講談社）がある。

＊本書は第３回〔池田晶子記念〕わたくし、つまり Nobody 賞特別賞作品に加筆修正を施して成ったものである。

ふたたび、生きて、愛して、考えたこと
二〇一〇年四月五日　初版第一刷発行

著　者　杉原美津子
発行者　中嶋　廣
発行所　株式会社トランスビュー
東京都中央区日本橋浜町二-一〇-一
郵便番号一〇三-〇〇〇七
電話〇三（三六六四）七三三四
URL http://www.transview.co.jp

装幀者　菊地信義
印刷・製本　中央精版印刷

ISBN978-4-901510-90-5　C0095